BIBLIOTHÈQUE PORTUGAISE
Dirigée par Pierre Léglise-Cota

LES VIVANTS ET LES AUTRES

DU MÊME AUTEUR

La Saison des fous, Gallimard, 2003

Le Marchand de passés, Métailié, 2006

La Guerre des anges, Métailié, 2007

Les Femmes de mon père, Métailié, 2009

Barroco tropical, Métailié, 2011

Théorie générale de l'oubli, Métailié, 2014

La Reine Ginga, Métailié, 2017

La Société des rêveurs involontaires, Métailié, 2019

José Eduardo AGUALUSA

LES VIVANTS ET LES AUTRES

Traduit du portugais (Angola)
par Danielle Schramm

Éditions Métailié
20, rue des Grands Augustins, 75006 Paris
www.editions-metailie.com
2023

Ouvrage soutenu par la DGLAB/Culture
et par le Camões, IP – Portugal

Titre original : *O Vivos e os Outros*

ISBN : 979-10-226-1242-5
ISSN : 0757-9276

Pour Yara, qui m'a offert l'île de Mozambique

C'est ainsi que tout commence :
la nuit se déchire
en une immense lueur, et l'île
se détache du monde.
Un temps touche à sa fin,
un autre commence.
Personne, alors,
ne s'en rendit compte.

PREMIER JOUR

"Au début il y avait chauta (dieu) et la terre immobile. Un jour, un éclair immense dessina dans le ciel la pluie qui posa sur la terre l'homme et tous les animaux."

Ana Mafalda Leite,
"La légende de la création"

1

La mer est toujours accrochée à la fenêtre du salon, comme un tableau de travers, mais ce n'est pas la même que celle que Daniel Benchimol a trouvée en arrivant sur l'île, trois ans auparavant. Il s'y est plongé un nombre incalculable de fois. Il connaît les courants et les marées. Il sait où gisent les navires, les galions, les boutres et les *panguays* naufragés. Il a visité les plages les plus secrètes. Il a regardé les baleines dans les yeux et il les a vues partir.

Après avoir été connus intimement, les lieux comme les gens deviennent autres. L'écrivain approche un siège de la fenêtre et s'assied face à la lumière, en buvant un thé glacé. Moira dort encore, ses mains protégeant son ventre gonflé. Elle non plus n'est pas la même femme qu'il a connue, un splendide après-midi d'avril, sur la vaste véranda d'une maison coloniale, au Cap.

L'intimité est le paradis – et l'enfer. Nous tombons amoureux de ce que nous ne connaissons pas encore. L'amour est ce qui arrive à la passion une fois que l'intimité s'est installée. Si nous avons de la chance. Lui, Daniel, avait eu de la chance. Avec Moira et avec son île.

Il chausse des baskets et sort dans l'air salé du matin. Il court dans la rua dos Combatentes, qui longe le parapet, et puis, sur la plage, jusqu'à l'église de Santo António, suivi par quelques gamins qui l'encouragent – "du nerf, tonton Daniel!", "plus vite, tonton!". Il fait demi-tour et revient. Moira l'attend dans la cuisine, le couvert du petit-déjeuner dressé. Elle lui tend un verre.

– C'est un jus de nos citrons. Bois!

Ce que fait Daniel. Il prend une douche rapide et la rejoint à table.

– Tout est prêt pour le festival? demande-t-il, en ouvrant un *mucate*, ce pain fait de farine de riz et de lait de coco, qu'il tartine de beurre de cacahuètes. Tout ça va te donner beaucoup de boulot.

– Mais c'est amusant, répond Moira. Et non, ils ne sont pas tous arrivés. On a une bonne équipe. Tout va bien se passer.

Elle porte un vaste boubou, qui n'arrive pas à camoufler son ventre de neuf mois. Elle a caché ses grosses dreadlocks sous un haut turban rouge et jaune qui lui allonge le visage.

– Comment va la petite?

– Le petit! Il dort.

– C'est une petite fille. J'en suis sûr. Elle s'appellera Tetembua.

– Petit garçon ou petite fille, dis-lui au revoir parce que je dois aller travailler.

Daniel embrasse son nombril puis sa bouche. Moira sort. Il entre dans le bureau et s'assied devant son ordinateur. Il écrit pendant une demi-heure. Le téléphone annonce l'arrivée d'un nouveau message. C'est d'Uli Lima:

"Tu es très occupé? Tu viens prendre quelque chose avec moi?"

"J'attendais que tu te réveilles", répond l'Angolais. "J'arrive."

Uli avait débarqué dans l'île la veille. Il arrivait fatigué, après un long périple en Espagne, France et Allemagne. Ils avaient dîné ensemble au Karibu, un restaurant qui servait une cuisine honnête, selon Moira. Une cuisine malhonnête, pour elle, c'est toute la cuisine industrielle, qui utilise des légumes traités aux pesticides, des poulets de batterie et des poissons élevés dans des viviers. Ils avaient mangé du thon à la sauce au gingembre, puis Daniel avait raccompagné son ami à son hôtel, le Villa Sands, où étaient logées deux autres écrivaines, toutes les deux angolaises, Ofélia Eastermann et Luzia Valente.

2

Ofélia Eastermann se réveille, quatre vers dansant dans sa tête : “Après minuit, les vendredis, / Ofélia cousait dans le ciel l’infini. / Pendant ce temps, la brise glissait entre les palmiers, / un fleuve-rumeur d’esprits.”

Elle se lève et les note dans un petit carnet à la couverture rouge, sur lequel elle a écrit en grosses lettres noires : “Poubelle onirique.”

Chaque fois que quelqu’un lui demande “vous êtes d’où ?”, Ofélia ferme les yeux et voit les âpres *mulolas* sur lesquelles, à l’époque des pluies, se déversent des rivières soudaines. Elle voit les lents chemins de gravillons entre les acacias, les carcasses rouillées des bateaux, les lycaons lévitant sur les dunes. Elle voit une femme à la peau teinte d’ocre-rouge, aux épaisses nattes, qui tient une petite fille dans ses bras. “Je suis du Sud”, répond-elle. En d’autres occasions, voulant choquer ses interlocuteurs, ce qui arrive souvent, elle choisit une formule différente : “Je suis de tous les lits où j’ai été comblée.”

Un jour, au cours d’une interview, une question du journaliste l’avait exaspérée – “Vous êtes née dans le sud de l’Angola, vous avez grandi à Lisbonne et vous vivez à Rio de Janeiro. Finalement, vous sentez-vous plutôt angolaise, portugaise ou brésilienne ?” –, et, comme l’indignation est une sorte d’ivresse, elle avait perdu sa réserve et effrayé le journaliste par une gueulante qui figure aujourd’hui sur des centaines de sites littéraires, bons, mauvais et très mauvais : “Je suis de là où il y a des palmiers, bordel ! Ni angolaise, ni brésilienne, ni portugaise ! Là où il y a un palmier, je suis de là ! Je suis de la mer et des forêts et des savanes. Je viens d’un monde qui n'est pas encore arrivé : sans dieux, sans rois, sans frontières et sans armées."

Ofélia déteste cette phrase, mais elle ne peut rien faire pour l'empêcher de se propager. Des gens qui n'ont jamais lu sa poésie et qui ne la liront jamais partagent ce défoulement lyrique, comme des conspirateurs se partagent des mots de passe et des numéros de code. Son éditrice brésilienne a fait faire des tee-shirts avec la phrase "Je suis de là où il y a des palmiers, bordel !" et les a mis en vente dans les librairies et les festivals littéraires. Ofélia gagne plus d'argent avec ces tee-shirts qu'avec ses livres. Elle se lève en pensant à tout cela, et regarde par la fenêtre. Elle voit arriver Daniel, pressé, il vit à cent à l'heure, comme si une perpétuelle bourrasque le poussait dans le dos. Assis dans une chaise longue au bord de la piscine, Uli Lima l'attend. Contrairement à Daniel, il dégage une tranquillité naturelle, il vit en état de dimanche. Les deux amis s'embrassent et, en les regardant, la poétesse se dit qu'elle aimerait avoir un ami écrivain. Ou une amie. Une amie lui semble plus improbable, elle s'est toujours mieux entendue avec les hommes qu'avec les femmes. Elle ressent le manque de quelqu'un avec qui elle pourrait échanger des livres, des opinions, à qui montrer ses vers tordus. Elle sait ce qu'on dit d'elle : qu'elle est arrogante, envieuse, vaniteuse et folle. Folle, d'accord. Folle, cela ne l'offense pas. Être fou signifie s'insurger contre la norme, et la norme c'est la corruption, la flatterie, la servilité. Quant à la vanité, elle est parfaitement consciente de ce qu'elle vaut et ne voit pas la nécessité de le cacher, la modestie est la vertu possible des médiocres. Je ne suis pas arrogante, se dit-elle, je suis seulement franche. Beaucoup de gens confondent la franchise et l'arrogance. Envieuse, oui, je n'y peux rien. Le succès des imbéciles m'exaspère. Daniel, par exemple, était un journaliste assez correct, elle se rappelle avoir lu l'un de ses reportages, très intéressant, sur un village disparu pendant la guerre civile. Comme les gens aimaient lire ses reportages et lui donnaient des petites claques dans le dos, “félicitations, mec, c’est bon ce que tu écris !”, le brave garçon s’était persuadé qu’il pouvait être écrivain et il avait publié trois romans naïfs, presque puérils, et pourtant intolérablement prétentieux. Ils s’étaient très bien vendus. Ce qui ne l’étonnait pas. Les gens apprécient les historiettes simplistes déguisées en fables complexes : des girafes parlantes, des mystères burlesques, des leçons de vie prêtes à l’emploi. Uli l’agace encore plus, parce que celui-là, oui, possède un talent formidable, un sens du rythme, une facilité prodigieuse à créer des intrigues. Ce type écrit sans effort. Il triomphe sans sueur. Il fait penser à ces cow-boys des vieux westerns qui affrontent quinze bandits dans un bar, à coups de poing et de pied, et finissent la bagarre le chapeau vissé sur la tête et sans le moindre pli sur leur chemise d’une blancheur immaculée. On aurait dû lui tordre le cou à la naissance. Et en plus, c’est un bel homme, charmant, à la voix grave et un peu rauque, capable de transformer en chair palpitante le cœur glacé d’une roche. Elle l’envie – mais elle coucherait volontiers avec lui.

Elle se voit dans le miroir. Elle a pris quinze kilos ces dernières années. Elle n’a plus sa taille fine. En contrepartie, ses seins ont pris du volume. Elle se trouve belle. Elle a une chevelure épaisse, en désordre, qui lui donne un air sauvage, et de grands yeux éclatants comme des miroirs. Ses yeux n’ont pas vieilli. Elle continue à s’en servir avec succès pour attirer les imprudents. Elle se sourit. Puis elle choisit une robe légère, rouge-pitanga, se maquille les lèvres dans le même ton et descend au bar, près de la piscine, à la recherche d’un café qui la ramène à la vie.

3

La galerie d'art de l'hôtel Villa Sands occupe un bâtiment rectangulaire, peint en blanc, devant le marché aux poissons. On entre dans une vaste salle, lumineuse, dans laquelle s'exposent peinture et photos, et de là on accède à un petit jardin intérieur. C'est l'endroit où se trouve le bar. Cornelia Oluokun, assise à une table, boit un café tout en envoyant, sur son téléphone, des messages à son mari. Debout devant l'écrivaine nigériane, une petite fille la regarde avec perplexité. La petite a suivi Cornelia depuis son hôtel, le Terraço das Quitandas. Ses cheveux, très blancs, crépus et opulents, flottent comme un nuage vaporeux autour de sa tête. Si quelqu'un rentrait à ce moment et les voyait ainsi, l'une devant l'autre, la Nigériane vêtue d'un ample boubou bleu et l'enfant d'une petite robe blanche, il pourrait croire se trouver devant une installation artistique. "La déesse et son ange" pourrait en être le titre.

"Je ne sais pas pourquoi je suis venue", écrit Cornelia. "L'avion n'avait pas encore atterri que je le regrettais déjà."

"Tu dis toujours cela", répond Pierre. "Ta présence est importante. Nous passons notre temps à nous plaindre qu'il y a peu de festivals littéraires en Afrique. Nous devons aider ceux qui voient le jour. De plus, j'ai vu des photos de l'île de Mozambique. Des belles maisons coloniales, des plages merveilleuses. L'Histoire et la nature ensemble dans un même lieu. Cela m'a rappelé Zanzibar. J'aurais dû partir avec toi."

"Non, c'est moi qui aurais dû rester avec toi, et écrire."

"Tu m'as dit que tu t'y rendrais parce que ce voyage, en t'arrachant à ta zone de confort, te redonnerait peut-être le désir d'écrire. Tu te souviens ?"

"Très mauvaise idée. Je veux partir d'ici."

"Mais pourquoi ?"

“La moitié de cette ville est en ruine. L’autre moitié est un bidonville.”

“Et alors?”

“Une petite fille albinos me suit partout, comme un petit chien.”

“Sérieusement?”

Cornelia prend une photo de la petite fille et l’envoie.

“Tu croyais que j’avais une hallucination?”

“Comme elle est jolie! Je crois quand même que c’est une hallucination.”

“Les hallucinations ne se laissent pas photographier.”

“La plupart, non. Mais tu as des hallucinations très solides. Celle-là, je la trouve merveilleuse. Tu n’es pas dans un bar? Offre-lui un croissant.”

“Tu crois qu’ils font des croissants, dans ce trou?”

“Alors, une tartine de pain grillé. Quelque chose. Comment s’appelle-t-elle?”

“Je n’en sais rien, comment elle s’appelle!”

“Demande-lui.”

“Je ne parle pas portugais.”

“Demande en anglais. Même si elle ne le parle pas, elle comprendra.”

Cornelia pose son téléphone et regarde la petite fille.

– Comme t’appelles-tu?

L’enfant secoue la tête, faisant s’agiter doucement le somptueux nuage qui la couronne.

– Ainur, murmure-t-elle.

Cornelia reprend le téléphone. Elle écrit:

“Elle s’appelle Ainur.”

“Maintenant commande-lui quelque chose à manger.”

La petite fille se retourne et s’enfuit en courant.

“Elle s’est sauvée”, écrit Cornelia. “Les enfants ont peur de moi.”

“Sur la photo, elle n’a pas l’air d’être effrayée. Elle a l’air fascinée. J’avais ce regard-là la première fois que je t’ai vue.”

"Tu ne t'es pas enfui quand je t'ai demandé ton nom."

"J'étais ébloui. J'étais terrorisé. Je voulais vraiment m'enfuir, mais c'était impossible. Si je me souviens bien, il y avait huit cents personnes devant nous – et elles étaient toutes là pour toi."

"Ah ! Ah ! Tu me fais rire."

"C'est ma mission et mon destin. Je vis pour te faire sourire. N'oublie pas que je suis ton émerveilleur officiel."

Cornelia sourit d'un sourire enfantin. Elle fait signe à la serveuse, une jeune fille maigre, timide, qui s'approche lentement. Elle lui demande un café et un croissant. Oui, ils ont des croissants. Et ils sont pas mal du tout.

4

Plus que les vieux meubles indo-portugais apportés de Goa des siècles auparavant, c'est la lumière qui enchante Jude d'Souza. L'air qui la porte lui paraît bien antérieur aux vénérables fauteuils, aux causeuses, tables et bureaux qui remplissent les vastes salons de l'antique Palais des capitaines généraux. La splendeur douce qui pose des reflets dorés sur le sol et adoucit les angles des meubles est sûrement emmagasinée là depuis la construction du bâtiment, en 1610, qui allait servir de collège à la Compagnie de Jésus. Il a noté la date sur son téléphone, tandis qu'il écoute le guide, un jeune homme éveillé qui parle un anglais correct et semble curieux de savoir ce qu'un Nigérian – le premier qu'il rencontre – peut bien venir faire sur l'île.

Jude demande s'il peut le photographier devant l'une des fenêtres, le regard tourné vers la mer, avec ce beau visage aux traits arabes rayonnant d'un éclat antique. Le garçon rit (il s'appelle Juma) et prend la pose, rentrant le ventre et gonflant sa poitrine. L'écrivain sort un Leica de son sac à dos et prend trois photos. "Ok", dit-il, et quand Juma se détend, il appuie de nouveau sur le déclencheur. Puis il photographie un bureau. Il envoie les deux photos sur son iPhone et les met sur Instagram. "Juma, guide du Musée de l'île de Mozambique, me montrant la lumière d'un temps disparu", écrit-il comme légende à la première photo. Sous la deuxième, il note : "Si j'avais un bureau comme celui-ci, j'écrirais sûrement plus. J'écrirais sûrement mieux."

En sortant du Musée de l'île de Mozambique, une heure plus tard, il ne résiste pas et ouvre son Instagram. Chacune des deux photos a déjà plus de trois mille *likes* et des centaines de commentaires.

5

– Je vais faire un plongeon, annonce Luzia, en enlevant sa jupe et son chemisier. Elle se déchausse et s'assied, en bikini, les pieds plongés dans la paisible obscurité de l'eau. Ofélia défait les bretelles de sa robe et se lève, laissant celle-ci glisser jusqu'à ses pieds. Elle ne porte pas de soutien-gorge. Elle s'agenouille sur le bord, à côté de la jeune femme.

– Alors, petite, on y va ?

– J'attends d'avoir du courage.

– En ce qui me concerne vous pouvez plonger, dit Daniel. Mais si un éclair tombe dans l'eau, il est bien probable que vous mouriez électrocutées.

– Là, Daniel a raison, ajoute Uli. Je n'ai pas pensé que vous voudriez aller nager, quand j'ai organisé l'orage.

Luzia sort ses pieds de l'eau. Elle se lève.

– Vous êtes des emmerdeurs, dit-elle, faisant semblant d'être fâchée.

Ofélia plonge. Elle nage en direction de la tempête.

Abdul travaille depuis cinq ans au bar de l'hôtel Villa Sands. Il a déjà vu de nombreuses femmes se déshabiller sur le ponton, à côté de la piscine. Quelques-unes sont juste seins nus. D'autres se déshabillent complètement et s'étendent sur les chaises longues, leur peau humide et blanche comme de la panna cotta. Jan l'avait prévenu : "Si tu te trouves devant une femme qui se déshabille, ne reste pas là comme une chouette, les yeux fixés sur son corps. Fais comme si de rien n'était. En Europe, on aime bien se mettre à poil, pas seulement dans les saunas, mais aussi sur les plages et dans les parcs, dès qu'il y a un peu de soleil." Abdul faisait un très gros effort pour ne pas regarder les fesses fulgurantes des Européennes. Comme il l'a expliqué ce matin même à sa grand-mère, dona Cinema, pendant leur petit-déjeuner, ce n'était pas là un emploi facile.

L'obscurité s'épanouit dans une soudaine splendeur silencieuse.

Uli sourit à Luzia.

– Ce n'est pas pour me vanter, mais notre nuit est vraiment très belle.

La mer est toujours lisse. La plus grande piscine du monde, selon Luzia. Puis un autre éclair, et un autre et un autre, sans que le grondement du tonnerre les atteigne.

– Tu t'es donné beaucoup de mal, plaisante Daniel.

Puis il se tait. Ils se taisent tous les trois, tout en accompagnant du regard la silhouette d'Ofélia, qui se découpe sur la sombre lueur de l'eau et maintenant nage vers eux en d'élégantes brassées.

– Cette femme a du courage ! dit Daniel.

Luzia le regarde méchamment.

– Parce qu'elle nage au milieu des éclairs ou parce qu'elle est trop vieille pour montrer ses seins ?

– Elle n'est pas vieille, se défend Daniel. Il faut être très jeune pour nager sous les éclairs.

– Et pour montrer ses seins, ajoute Uli. Quant à moi, je suis extrêmement vieux. En aucun cas je n'entre dans la mer, qu'il pleuve ou qu'il fasse beau.

– Je n'ai jamais compris ça, dit Daniel. Pourquoi as-tu si peur de la mer ?

Uli a un cauchemar récurrent : il se voit tombant mort dans la mer. Il n'en a jamais parlé à personne. Il n'en parle pas non plus maintenant. Il montre du doigt Ofélia, qui monte la rampe, secouant ses cheveux mouillés. Abdul l'attend avec un drap de bain, les yeux baissés. La poétesse sourit.

– Tu peux me regarder, Abdul.

Abdul ne la regarde pas. Elle noue la serviette au-dessus de ses seins, et rejoint les autres. Il commence à pleuvoir. Ofélia se souvient des vers avec lesquels elle s'est réveillée. Elle pense à sa grand-mère qui la serrait dans ses bras, elle sent son odeur, la terre mouillée, l'herbe verte, les fruits sauvages. Elle parle à voix haute, mais c'est comme si ce n'était que pour elle.

– Tout ce qui est liquide m'attire.

– Ofélia est poétesse à temps complet, dit Daniel.

La pluie tombe maintenant plus fort, mais là, sous la bâche blanche, ils sont à l'abri. Il ne pleuvra plus les jours suivants.

– Si ce n'est pas à temps complet, personne ne peut être poète, répond Luzia, s'avançant vers Ofélia. Être poète n'est pas une fonction, c'est un état.

Luzia se distingue des autres par sa jeunesse. Elle ne se montre pas intimidée pour autant. Elle a grandi dans une maison fréquentée par des artistes et des écrivains, des amis de son père, Camilo Valente, lui-même poète, auteur d'une demi-douzaine de livres publiés pendant les années agitées de la révolution angolaise. Il avait été ministre de l'Intérieur, et il est aujourd'hui député du parti au pouvoir et professeur d'Histoire de l'Afrique à l'Université Agostinho Neto.

Ofélia sourit, comme une mère approuvant sa fille adolescente. Pour elle, être poète, c'est comme naître avec un sens en plus : celui de l'émerveillement.

– Tous les poèmes sont une cartographie de l'émerveillement.

– J'écris pour apaiser la douleur, murmure Luzia.

– Tu parles comme les écrivains portugais, sourit Daniel. Les Portugais écrivent parce qu'ils souffrent et ils souffrent en écrivant. C'est une sorte de cycle de la douleur.

Uli rit.

– Nous avons tous quelque chose de portugais et de fou.

– Moi, je ne suis que folle, assure Ofélia. Je n'ai pas un os de Portugais.

– "Je n'ai pas un os de Portugais", déclame Luzia, d'une voix grave. "Excepté celui d'auteur de poésie."

Uli reconnaît les vers :

– Pedro Calunga Nzagi. Le grand mystère de la littérature angolaise…

– Notre père à tous, dit Ofélia.

– Même des Mozambicains, reconnaît Uli. Il est mort, n'est-ce pas ?

– Non, il n'est pas mort ! assure Luzia. Il a disparu.

– Comment est-ce qu'un fantôme peut disparaître ? demande Uli, d'un ton moqueur. Est-ce que quelqu'un l'a déjà vu ?

– Oui, quelqu'un l'a vu, affirme Daniel. J'ai écrit un reportage sur lui.

– Ça se tient, dit Uli. Après tout, c'est ce qui t'a fait connaître, d'écrire sur les disparus et les disparitions.

Daniel raconte comment cela s'est passé. En 1998, le jury du Prix national de littérature, dans une décision courageuse, selon les uns, et extrêmement irresponsable, selon les autres, décida d'attribuer le prix à Pedro Calunga Nzagi. Les temps étaient durs. La guerre s'éternisait. Le régime faisait semblant d'être devenu démocratique, fraternisant avec les députés des partis d'opposition dans un Parlement de façade, tout en persécutant les journalistes les plus impertinents. Pedro Nzagi avait publié son premier livre de poèmes, *Insurgências !,* Insurgences !, en 1965, chez un petit éditeur luandais. Le livre avait été immédiatement saisi par la police politique portugaise. Une demi-douzaine d'exemplaires avaient pu être sauvés, dont on fit quelques centaines de copies, qui circulèrent de main en main pendant des années. Les vers de Nzagi étaient lus dans des soirées clandestines. Quelques-uns furent mis en musique. En 1973, un nouveau titre apparut, chez un éditeur portugais, sous le nom de Pedro Calunga Nzagi : *Fogo posto,* Incendie criminel. Le livre réussit à contourner la censure, et reçut l'un des plus importants prix littéraires du Portugal. Pourtant, son auteur ne se rendit pas à la cérémonie de remise du prix, et ne concéda pas non plus la moindre interview. Cinq ans après l'indépendance, un troisième recueil de poèmes fut publié, toujours à Lisbonne : *Não era o que estava combinado,* Ce n'est pas ce qui était convenu. Le livre provoqua une grande controverse en Angola. Nzagi y condamnait le nouveau régime marxiste, dans des vers acides et ironiques, et en même temps profondément lyriques. Des écrivains proches du régime, qui l'avaient encensé à l'époque coloniale, s'empressèrent de le condamner, l'accusant de défendre des idées réactionnaires et néocolonialistes. En lui attribuant le Prix national de littérature, en 1998, le jury, constitué de cinq jeunes écrivains, dont Ofélia Eastermann, savait que c'était là une provocation à l'encontre de l'aile la plus conservatrice du régime. Le jour suivant, le ministère de la Culture émit un communiqué sec et rude, retirant son prix à Nzagi et nommant un nouveau jury. Daniel Benchimol comprit qu'il avait là un bon prétexte pour enquêter sur la vie et le destin du mystérieux écrivain. Il parla avec l'éditeur de *Insurgências !,* Mario Melo, un vieux franc-maçon originaire de Benguela, qui affirma se souvenir très bien du jeune poète, qui avait frappé à sa porte, un après-midi, un manuscrit sous le bras :

"C'était un garçon grand et solide, à la belle allure. J'ai été impressionné par son regard, droit, ferme, et encore plus impressionné par l'assurance avec laquelle il discutait de n'importe quel sujet. À l'époque il ne devait pas avoir plus de vingt-cinq ans, mais il parlait comme quelqu'un qui en aurait vécu quatre-vingts. Il tutoyait la vie. J'ai accepté de publier son livre sans même l'avoir lu. J'ai perdu de l'argent, bien sûr, parce que la police est venue chercher et a détruit la plus grande partie des exemplaires que nous avions imprimés, mais je ne l'ai jamais regretté."

Daniel avait rencontré après cela l'éditeur portugais. Celui-ci se souvenait lui aussi du poète angolais :

"Un petit gars maigrichon, insignifiant, qui m'a remis les originaux comme en me demandant de l'excuser. Je le connaissais déjà, naturellement, j'avais lu *Insurgência !*, un livre mythique, et j'ai tout de suite dit oui."

Le journaliste avait parlé avec encore trois écrivains, qui affirmaient avoir connu Nzagi en différentes occasions et différents endroits. L'un d'eux décrivit le poète comme un médecin de Moçâmedes, blanc, appelé Alberico da Fonseca. Un autre rit du portrait fait par le premier.

"Nzagi était noir. Noir comme moi. Il était professeur de mathématiques au lycée de Huambo. Il est mort il y a cinq ans."

Le dernier écrivain, Rufino Pereira dos Santos, avait intégré le jury du Prix national de littérature en 1998. Il raconta que Nzagi était venu le trouver, en plein dans la polémique née de l'attribution du prix, pour le remercier, et lui avait confié le manuscrit d'un roman intitulé *Os três leões,* Les trois lions. C'était, selon Pereira dos Santos, un mulâtre élégant et pas très bavard. Santos avait créé une toute petite maison d'édition, la Soyo, qui publiait de façon presque artisanale des livres très jolis. Il avait été ravi de publier pour la première fois *Les Trois Lions,* un livre qui allait recevoir plusieurs prix, au Portugal, au Brésil et en France. Son auteur ne se présenta ni aux lancements, ni pour recevoir ses prix. On ne lui connaît pas la moindre interview. Aucun journal n'a jamais publié de photo de lui. Daniel est convaincu que Pedro Calunga Nzagi est un pseudonyme, et que celui qui l'utilise a recours à d'autres personnes pour remettre ses manuscrits aux éditeurs.

Ils attendaient le dessert quand Jan fait son apparition. Ses cheveux mouillés lui tombent sur le front et sa chemise est trempée.

– Je suis allé faire un tour à vélo. La pluie m'est tombée dessus près de la forteresse. Si j'étais en Suède je devrais aller me changer. Ici, ce n'est pas la peine, quoi qu'il arrive je suis toujours mouillé, quand ce n'est pas à cause de la pluie, c'est à cause de la chaleur. Mais je ne me plains pas, j'aime ça. Dites-moi, quand commence le festival ?

– Les débats et les conférences commencent demain, dit Daniel. La plupart des écrivains sont arrivés. C'est calme. Un ou deux petits problèmes, un ou deux écrivains un peu plus difficiles.

– Nous, non ! s'écrie Luzia. Nous, nous sommes faciles.

– Moi, du moment que je peux manger chaque soir votre tiramisu, je suis heureux, je ne pose aucun problème, assure Uli.

– La seule personne qui s'est plainte de notre tiramisu, c'est l'écrivaine nigériane, révèle Jan.

– Voilà, dit Ofélia. Je crois que c'est à cette personne que Daniel faisait allusion quand il parlait des écrivains difficiles.

– Je ne confirme ni ne démens. À propos, j'ai besoin de lui parler. Malheureusement je n'ai pas de réseau. Vous en avez ?

Personne n'en a.
– Internet ne fonctionne pas non plus, dit Jan. Ce doit être à cause de la tempête.
– Alors, nous sommes isolés ? demande Luzia. Nous sommes vraiment sur une île ?

6

C'est ainsi que tout commence : un énorme éclair déchire la nuit, l'île se détache du monde. Un temps s'achève, un autre commence. À ce moment-là, personne ne s'en rendit compte.

DEUXIÈME JOUR

– *C'est quoi, le feu, António ? demanda Margarida. Et elle se répondit à elle-même. Mouvement.*
– *Mouvement ? s'étonna António.*
Oui. L'enfer, au contraire, lui paraissait à elle un état statique. Une apathie. L'ennui absolu. Avant le big bang, avant même le Verbe. Mais après, surgit la matière en mouvement, surgit le temps, et l'enfer disparut pour toujours.

Daniel Benchimol,
Brève histoire du feu

1

Daniel chemine dans une ville en ruine, ses pieds nus s'enfoncent dans la boue, ses mains se blessent aux tiges coupantes d'herbes plus hautes qu'un homme. Un soldat à côté de lui montre le clocher d'une vieille église, qui se dresse encore avec difficulté, perforée par des tirs, et dit : "Un serpent volant vit là-haut." Le serpent troue l'air, sifflant comme un obus, traverse un bosquet d'arbres qui saignent et pleurent et se lamentent, et alors Daniel ouvre les yeux, effrayé, et aperçoit une petite lumière qui pénètre par l'œil-de-bœuf.

Il repousse son drap trempé de sueur. *Personne ne croit aux voyages dans le temps*, pense-t-il, et pourtant, il n'y a encore pas longtemps, il se trouvait au Bailundo, en 1996, pendant la guerre civile, et maintenant il est en 2019, dans un autre pays, à trois mille cinq cents kilomètres de distance.

L'air conditionné ne marche plus. La lampe de chevet ne s'allume pas. Il se souvient de pourquoi il ne voulait pas retourner vivre à Luanda. Il s'était lassé d'affronter l'incompétence des services publics. Quand il y avait de l'électricité, il n'y avait pas d'eau. Quand il y avait de l'eau, l'électricité disparaissait. Cela, les bons jours. Les mauvais jours, ni eau ni lumière. Les ordures dans les rues. Le bruit des générateurs faisant trembler les murs.

Sur l'île, les rues sont balayées au petit matin, très tôt, par des dames diligentes, élégamment enveloppées dans des pagnes colorés. Ils n'ont connu que de rares fois des problèmes d'eau ou d'électricité. Il n'y a pas beaucoup de générateurs, parce qu'ils ne sont pas indispensables. Ils en ont acheté un parce qu'il a fait un caprice. Moira était absolument contre. Quant à l'eau, la plupart des maisons possèdent d'énormes citernes, construites il y a deux ou trois siècles.

Daniel s'assied dans le lit. Moira dort. Sa respiration adoucit l'atmosphère. Il cherche son téléphone et regarde l'heure. Il est cinq heures dix. Il n'y a toujours pas de signal. Ni réseau ni Internet. Rien. Il se lève, nu, et sort de la chambre, en évitant de faire du bruit. Des grillons dans le jardin. Le parfum frais de l'énorme citronnier. Il appuie une échelle de bois contre le mur et monte à la terrasse. Le ciel au-dessus de l'île est clair. Il y a encore une ou deux étoiles perdues, qui ont oublié de suivre les restantes et s'évanouissent, tandis qu'un soleil paresseux s'élève peu à peu au-dessus d'une sombre barrière de nuages. La tempête empêche d'apercevoir le continent.

Daniel se souvient de ce qu'a dit Ofélia la nuit précédente. Là oui, ils sont bien sur une île, entourés d'eau de tous les côtés, y compris en haut et en bas, et aussi de silence et de solitude. Il s'habille et sort. Il se dirige vers le Villa Sands. Uli doit encore être en train de dormir. Il a l'intention de le réveiller.

2

Uli a su que c'était Daniel avant même d'ouvrir la porte.

– À cette heure-ci, ce ne pouvait être que toi.

– Je t'ai réveillé ?

– Non. Comme tu vois je suis déjà habillé. Je me couche tard, je me réveille tôt. Je ne sais pas si je dors ou si j'imagine que je dors. Je crois que j'ai vieilli.

– Vieillir c'est ne pas dormir ?

– C'est ça ou n'être plus capable de distinguer le sommeil de la veille.

– Je ne suis pas d'accord, vieillir c'est vouloir dormir.

– Je veux dormir, Daniel. Seulement je n'y arrive pas. De toute façon, j'ai vieilli.

– Cela dit, la vieillesse ne te va pas mal du tout. Ce n'est pas moi qui le dis, c'est les filles.

– Quelles filles ?

– Les filles, de tous les âges. J'ai des oreilles. J'écoute ce qui se dit.

– Rien n'arrive à mes oreilles. Peut-être que je suis aussi en train de devenir sourd. Dis-moi, on peut déjà manger quelque chose ici ?

– Dans ton hôtel, pas encore. Mais je connais une terrasse où on sert de délicieux toasts. On y va ?

– Et Moira ?

– Moira dort, elle est jeune.

3

La terrasse de l'hôtel Café Central est une sorte de secret. La plupart des clients ignorent son existence. Pour y arriver il faut traverser le salon, puis prendre des escaliers en bois donnant sur les chambres. À la suite de quoi, on se trouve devant encore un autre escalier.

– Quelle fantastique terrasse ! s'exclame Uli, surpris, tentant de récupérer son souffle après la montée. Ça me rappelle Marrakech.

– Tu as été à Marrakech, toi ?

– Non. Mais j'ai lu des romans. Les livres m'ont emmené partout. Regarde, il y a un type, là-bas, tu vois ? Il a l'air mort.

Il y a bien un homme allongé sur le dos sur un des bancs en béton, les bras croisés sur la poitrine et une casquette noire sur le visage. Daniel s'approche et rit.

– C'est Zivane !

– Il dort ?

– Je suppose que oui. Je le réveille ?

– Non. Il a dû bien picoler hier. Il est logé dans cet hôtel ?

– Non. Il est au Terraço das Quitandas, avec les Nigérians.

– Tu as bien fait de l'inviter. Son premier roman est très bon et a fait du bruit, il a agacé beaucoup de gens, ce qui est la meilleure chose qu'on puisse demander à un livre, mais après ça le malheureux est tombé dans un processus de lent suicide.

– Qu'est-ce qui lui est arrivé ?

– Je ne sais pas, je n'ai jamais compris. Ni ça, ni cette folie qui a consisté à passer des années à réécrire la même histoire, en changeant seulement de narrateur. On s'assied ?

Ils choisissent une table d'où l'on peut voir la mer. L'horizon est toujours caché derrière une muraille sombre.

– Il pleut sur le continent, dit Uli. Il pleut beaucoup. Ça ne te semble pas bizarre ? C'est comme si le continent, le monde entier, avaient disparu.

– Oui, acquiesce Daniel. Il pleut très rarement ici, sur l'île. Parfois on assiste à des tempêtes de l'autre côté, comme si cela se produisait sur une planète lointaine.

Une gamine fragile, aux profonds yeux noirs, vient leur demander ce qu'ils veulent manger. Il y a des œufs au plat au bacon, des toasts au fromage et au thon, des yaourts aux céréales.

– Comment t'appelles-tu ? demande Uli.

– Pimpinha, répond la petite, timidement. Je vous apporte des œufs ?

– Apporte-nous de tout, s'il te plaît, demande Uli. Et dis à tes parents qu'ils ont bien choisi, Pimpinha, c'est un joli nom.

Daniel attend que la jeune fille s'éloigne.

– Tu es sérieux ?! Tu appellerais ta fille Pimpinha ?

– Pourquoi pas ? Le seul problème c'est que si elle grossit, les gens l'appelleront Pimpona.

– Je ne donnerais ce nom pas même à un de mes personnages.

– Moi, quand je commence à écrire un roman, je pense d'abord aux noms, et le personnage se développe à partir du nom. Les noms déterminent le caractère des personnages. Ils leur imposent un destin.

– Tu te reconnais dans ton nom ?

Uli hésite :

– Non. Je crois que non. Et toi ?

– Moi non plus. Si j'étais l'un de tes personnages, comment m'appellerais-tu ?

– Tu ne t'appellerais sûrement pas Daniel. Peut-être Macário…

– Macário ?! Merde, non, pas Macário.

– Alors Marciano.

– Marciano ? J'ai une tête de Marciano ?

– Tu marches penché en avant, comme si tu voulais arriver le premier. J'ai connu un mec appelé Marciano qui marchait comme ça, tout incliné vers l'avant.

– Et qu'est-ce qui lui est arrivé ?

– À Marciano ? Personne ne sait, il a disparu peu de jours après l'indépendance. Il était camionneur. Beaucoup de gens disparaissaient à cette époque. Mais rien à voir avec la façon dont il marchait.

– Ah bon, je suis rassuré. Regarde, Zivane est debout. Il vient vers nous.

Júlio Zivane avance, un peu titubant, essayant de protéger ses yeux, agressés par le soleil, du dos de sa main droite. Il se penche au-dessus de la table, empoisonnant l'air d'une forte haleine éthylique.

– Si je ne vous connaissais pas, je penserais que vous arrivez d'une nuit agitée, avec des femmes et beaucoup de bières. Il traîne une chaise de la table d'à côté et s'assied près de Daniel, face à Uli. Puisque vous êtes réveillés, mettez-moi donc au courant des nouveautés.

– Nous n'avons ni téléphone ni Internet, annonce Daniel. Il n'y a pas non plus d'électricité.

Zivane hoche la tête.

– Comment peux-tu vivre dans un endroit pareil ?

– Ce n'est pas si mal.

– Luanda ne te fait pas *cuiar*, ne te manque pas ? – Zivane sourit, heureux. – J'aime les mots que vous inventez. Les Angolais, vous êtes vraiment créatifs.

– Je n'ai jamais aimé Luanda.

– Et qui aime Luanda ? Mais tu n'avais pas besoin de t'exiler dans ce bout du monde, frère. Pourquoi n'es-tu pas allé à Maputo ? Nous, nous lisons tes livres, nous avons beaucoup de respect pour toi, un amour fraternel, nous t'aurions reçu *maningue*, super bien.

– Moira est d'ici.

– Ah, la fameuse Moira...

– Moi, je pourrais vivre ici, dit Uli. En vérité, je suis jaloux de ce mec.

– Non, tu ne pourrais pas. Et notre camarade, là, je doute qu'il puisse tenir longtemps. Ne dit-on pas que l'île est le paradis ?

– C'est ce qu'on dit...

– Eh bien voilà, personne n'arrive à être heureux au paradis. Adam et Ève se sont enfuis du paradis.

– Ils en ont été chassés, conteste Daniel.

– Ça, c'est la version du vainqueur, dit Zivane, très sérieux.

– Y en a-t-il une autre ? demande Uli. Un Évangile selon le Serpent ?

– Il en existe peut-être, mais je doute qu'il soit en vente. En tout cas, même dans la version du vainqueur, il est clair que nos vénérables aïeux ont quitté le paradis parce qu'ils n'en pouvaient plus de cet ennui infini. Ils ont choisi le péché, bénis soient-ils.

– Amen, dit Daniel.

Pimpinha arrive, portant en équilibre instable un plateau chargé de tout ce qu'elle avait proposé. Elle pose le plateau et distribue les plats.

– As-tu de la bière ? lui demande Zivane. Une 2M bien fraîche ?

Pimpinha va chercher la bière.

– Est-ce qu'il y a eu une fête ici hier soir ? demande Uli.

– Aucune idée. Où sommes-nous ?

– Au Café Central, dit Daniel. Toi, tu loges au Terraço das Quitandas.

– Oui, j'aime beaucoup.

– Et alors, que faisais-tu là ?

– Je dormais. Et je dormirais encore si vous n'étiez pas arrivés. Vous m'avez réveillé.

Beaucoup de gens aiment Júlio Zivane parce qu'il dit toujours ce qu'il pense. Bien plus de gens le détestent pour la même raison. Mais qu'ils l'aiment ou qu'ils le détestent, tous sont unanimes sur un point : Zivane est courageux.

Zivane, cependant, n'est pas d'accord avec ceux qui pensent cela.

Pendant qu'il faisait semblant de dormir, couché sur le dos sur un banc de pierre du Café Central, Júlio Zivane dressait une liste de ses peurs : Zivane a peur du passé, ce qui ne manque pas de surprendre, quand on sait qu'il est diplômé en Histoire à l'Université nouvelle de Lisbonne et qu'il a dirigé, pendant dix ans, les Archives historiques du Mozambique.

Ce serait, pense-t-il, *comme un footballeur qui fuirait devant le ballon.*

Comme un boulanger qui serait allergique au pain.

Comme un illusionniste qui craindrait les illusions.

De plus, Zivane a peur du noir.

Zivane a peur de ne pas être un bon père.

Zivane a peur de l'amour.

Il était plongé dans cet exercice, le listing de ses peurs, quand il s'est aperçu que quelqu'un approchait. Il connaît bien la voix d'Uli, tout le monde au Mozambique la connaît bien, ce timbre chaud, cette façon suave de parler, avec laquelle, dans les débats publics, il désarme ses adversaires. On raconte des histoires sur les pouvoirs de cette voix : un jour, pendant une randonnée en Gorongosa, où il accompagnait un groupe de biologistes britanniques, un vieil éléphant releva sa trompe, prêt à charger, alors Uli se dirigea vers lui, très calme, et l'animal recula la tête basse. Une autre fois, à Bamako, Uli aurait convaincu un bandit de baisser son arme et de le laisser poursuivre son chemin, en bavardant avec lui en portugais, langue que le bandit ne connaissait pas. On raconte aussi que la femme d'un certain ministre demande à son mari d'imiter la voix d'Uli quand ils batifolent au lit, parce qu'il n'y a que comme cela qu'elle arrive à avoir un bon orgasme. Zivane trouve que cette dernière rumeur est douteuse, ou tout au moins très exagérée, parce que peu d'hommes sont capables d'imiter la voix d'Uli. Il vaudrait mieux, suggéra l'écrivain quand un ami lui raconta ce commérage, créer une application téléphonique avec des phrases enregistrées par Uli, pour que les maris s'en servent quand ils courtisent leurs femmes ou leurs maîtresses.

Zivane n'a pas reconnu la deuxième voix.

Il a eu honte en entendant Uli parler de lui. Lent suicide. D'autres diraient plutôt "processus d'autodestruction". La plupart n'utilisaient pas cet euphémisme élégant. Ils riaient : "Zivane va mourir d'ivrognerie."

Son premier roman, *Um refúgio na campo*, Un refuge dans le camp, racontait l'histoire d'un instituteur envoyé dans un camp de rééducation, tout de suite après l'indépendance, pour avoir trompé son épouse. C'était l'histoire de son père. Le livre, publié à la fin des années 80, deux ans après la mort du président Samora Machel dans un accident d'avion, avait provoqué une polémique. À cette époque, pas grand monde n'osait contester le legs de Machel. Les camps de rééducation – où, après l'indépendance, avaient été envoyés des milliers de personnes, depuis des femmes accusées de prostitution jusqu'à des jeunes amateurs de rock, de pantalons pattes d'ef et de *suruma* (diamba, maconha, ganja, herbe, marijuana, haschich, cannabis, etc., car le diable a plus de noms que Dieu) – étaient un thème tabou. Peu d'écrivains avaient osé défendre le roman. Uli Lima avait été l'un d'eux. Zivane lui en fut reconnaissant, d'autant plus qu'il faisait partie de ceux qui, alors, critiquaient Uli, l'accusant de se moquer, dans ses contes, du portugais malhabile des paysans.

Júlio Zivane, qui était alors fonctionnaire au ministère de la Culture, perdit son emploi. Il partit à Lisbonne, avec l'aide de son frère aîné, Zacarias, et il s'inscrivit en cours d'Histoire. Quand il revint à Maputo, cinq ou six ans plus tard, son livre avait cessé d'être polémique et il était devenu une référence pour les jeunes écrivains. Tout le monde exigeait un deuxième roman.

Júlio posa une table dans le jardin à l'ombre d'un banian, où déjà son grand-père avait coutume de se reposer, et s'assit pour écrire. Zacarias dit aux amis :

– Júlio a recommencé à écrire.

Júlio regardait l'arbre. Il voyait les oiseaux qui volaient, libres, entres les nuages, il voyait le ciel changer de couleur, et rien ne lui venait en tête à part l'histoire de son père, mort dans un camp de rééducation. Il recommença à écrire le roman qu'il avait déjà publié, avec d'autres mots et une perspective différente. Dans le premier livre, le narrateur était le père ; dans le second, c'était le chef du camp de rééducation. Il le donna à lire à son éditeur.

– C'est le même livre ! s'indigna l'homme.

– Et alors ? Tous les livres sur l'esclavage sont le même livre, argumenta Zivane. Tous les livres sur l'Holocauste sont le même livre.

Au cours des cinq années suivantes il écrivit sept fois *Un refuge dans le camp*. Il ne réussit à publier aucune des nouvelles versions, ni au Mozambique ni au Portugal, où le titre original était toujours réédité, bien qu'en tirages réduits. Mais une petite maison d'édition française remarqua la dernière, *Ninguém reza por nós*, Personne ne prie pour nous (avec un narrateur pluriel : tous les prisonniers), la traduisit et la publia. Rien ne se produisit dans les six premiers mois qui suivirent la publication, pas une recension, pas un commentaire sur un blog littéraire, pas même une demande d'interview. Le septième mois, au cours d'une interview dans une des émissions de plus grande audience du pays, un très célèbre acteur conseilla chaleureusement le livre, et très vite des critiques apparurent ainsi que des demandes d'interviews. Le roman se vendit bien en France, attirant l'attention des éditeurs d'autres pays.

Júlio Zivane aurait pu être tenté de prolonger le bref moment de lumière qui se posa sur lui, en acceptant les invitations à participer à des festivals littéraires, résidences d'auteurs et débats de toutes sortes, en écrivant un nouveau roman (réellement nouveau). Comme le lui dit son agent.

Il n'en fit rien. Il donna sa démission du poste de directeur des Archives historiques de Mozambique et ouvrit un commerce d'achat et vente de cheveux. C'est ce qu'il fait encore aujourd'hui. Il achète des cheveux en Inde et au Brésil et les vend au Mozambique à des fabricants d'extensions. C'est une affaire lucrative. En tout cas, comme il l'explique aux journalistes qui s'étonnent de son parcours, beaucoup plus lucrative que l'histoire ou la littérature.

Le Mozambicain avait démarré la nuit en buvant du vin de Porto en compagnie de Jude et de Cornelia, tous les trois assis dans les vastes fauteuils d'une véranda de l'hôtel où ils résident. Penchés sur la Voie lactée comme sur un dieu assoupi, ils avaient commencé à discuter des traductions faites par Richard Francis Burton des *Mille et Une Nuits* et du *Kama Sutra* et fini en débattant des différences entre les colonisations portugaise et anglaise. Ils n'étaient arrivés à aucune conclusion.

Cornelia Oluokun et Jude d'Souza se connaissaient déjà et, comme s'en était vite rendu compte Zivane, ils éprouvaient l'un pour l'autre une aimable antipathie. Ils venaient d'une tragédie commune, lui avait expliqué Jude, mais la vivaient de manière très différente.

L'écrivaine nigériane est la star du festival. Elle est, d'ailleurs, habituée à être le centre de l'attention. Elle arrive et s'installe comme un ouragan, s'imposant à tout le monde, occupant tout l'espace avec ses boubous chatoyants, ses longues tresses et son magnifique éclat de rire vainqueur. Grande, pas seulement plus grande que la plupart des femmes, mais plus grande aussi que la plupart des hommes, elle éblouit et intimide.

– L'idée existe que la beauté peut porter préjudice aux écrivaines, surtout au début de leur carrière, dit Jude d'Souza à Zivane, tandis qu'ils sortaient de l'hôtel parce que le Nigérian, arrivé de Londres le matin même, voulait voir la ville endormie. En ce qui concerne Cornelia, non. Sa beauté a permis qu'on la remarque. Et en la remarquant, on a fini par remarquer ce qu'elle écrivait.

– Cornelia écrit bien, s'indigna Zivane.

– Je ne suis pas sûr de ce que c'est qu'écrire bien. En tout cas, Cornelia écrit avec urgence, ce qui est le plus important.

– Que signifie écrire avec urgence ? Elle risque d'exploser, si elle n'écrit pas ?

Jude rit. Il marchait vite, d'un pas élastique, qui obligeait le Mozambicain à courir derrière lui.

– Ou alors d'imploser. Elle écrit pour changer le monde.

– Je comprends. C'est la meilleure des raisons. Et toi ?

– Moi, je me promène. J'observe le paysage. Je suis un écrivain paysagiste.

– Je crois, moi, que j'écris pour essayer de pardonner.

– Je comprends. Toi aussi tu risques d'imploser, si tu n'écris pas.

– En fait, je suis dans un état avancé d'implosion. Je devrais écrire plus.

Jude s'arrêta au milieu de la place. On ne voyait personne. On n'entendait pas un bruit, à part l'ample rumeur de la mer et la lointaine stridulation d'un grillon orphelin.

– On dirait que nous sommes seuls au monde, murmura Jude.

– C'est parce que nous le sommes, se lamenta Zivane.

Jude sortit un Leica de son sac à dos en cuir et prit plusieurs photos des rues désertes. Il photographia un vélo jaune posé contre un mur vieux rose. Il s'appuya contre une vitrine pour photographier de l'extérieur le visage sombre d'une statuette makonde. À ce moment-là, il entendit un grognement sourd derrière lui, il se retourna et vit les chiens. Il devait y en avoir une trentaine, immobiles, tendus, les yeux fixés sur les deux hommes. Zivane ne bougea pas, adossé à un lampadaire, comme s'il essayait de se confondre avec lui.

– Tous ces chiens, susurra Jude. D'où sortent-ils ?

– Qu'est-ce qu'on fait ?

– Reste calme. On va partir d'ici en marchant tout doucement. Surtout ne cours pas.

En tête de la meute, un rhodesian ridgeback, grand, maigre, les yeux fiévreux, montrait les dents. Il avança vers Zivane, redressa le museau et aboya. Zivane partit en courant dans la rue, le souffle court, bien plus vite qu'il ne pensait pouvoir le faire. Il aperçut une porte ouverte et s'y engouffra. Il passa sans s'arrêter au milieu des tables vides, grimpa quatre à quatre dans l'escalier jusqu'à, sans bien savoir comment, se retrouver sur la terrasse. Il s'approcha du parapet, tremblant de tous ses membres, haletant, et jeta un coup d'œil dans la rue. Les chiens étaient là, noirs et immobiles, dans un silence effrayant, et le regardaient. Aucun signe de Jude. Zivane se coucha sur un banc de pierre et s'endormit.

– Et qu'est-il arrivé à Jude ? – C'est la question que pose Daniel quand le négociant en cheveux conclut son récit. Zivane hausse les épaules. Il avale le reste de sa bière. Il n'en a aucune idée. Il est probablement retourné à son hôtel. Daniel cherche son téléphone. Il n'y a toujours pas de signal.

– Il faut que j'aille au Terraço das Quitandas. Je dois parler à Jude. En supposant que notre ami nigérian n'ait pas été dévoré par les chiens. Mais trente, Zivane, tu n'exagérerais pas ?

– Trente, je t'assure. Une meute énorme.

– Il n'y a pas trente chiens sur l'île, assure Daniel.

– Qu'est-ce que tu en sais ! rigole Uli. Ce sont peut-être des êtres humains le jour et des chiens la nuit. Cela arrive souvent chez nous.

– Dans tes romans, plaisante Daniel.

– Non, répond Zivane. Ces choses-là arrivent.

– Même comme ça, je trouve que ça fait beaucoup de chiens. Enlèves-en vingt.

– Dix. J'en enlève dix. Il y avait peut-être vingt chiens.

– C'est mieux. Vous venez avec moi ? Jude parle aujourd'hui, à quinze heures.

– Je sais, dit Zivane. C'est l'inauguration. L'une des tables rondes les plus attendues du festival. La salle sera pleine. Pauvre modérateur.

– C'est moi qui serai le modérateur, révèle Daniel. C'est pour cela que je veux le voir. Alors, vous venez avec moi ?

4

Ils retrouvent Cornelia installée sur l'une des terrasses de l'hôtel, devant la mer, lisant (relisant, en fait) un livre de Teju Cole, *Open City*, qu'elle a trouvé dans la bibliothèque de l'hôtel. Elle se lève dans un tourbillon de couleurs, ses tresses claquent dans l'air comme des cravaches. Júlio Zivane fait un calcul rapide du prix qu'ont dû couter ces cheveux. Une petite fortune.

– Bonjour ! les salue Cornelia, d'un ton un peu acide. Enfin quelqu'un arrive. Que s'est-il passé ?

– Je suis désolé, nous n'avons pas de réseau, dit Daniel en l'embrassant. La tempête a dû faire tomber les poteaux.

– Quelle horreur ! Le téléphone ne marche pas. Je n'ai pas Internet. Je me sens totalement isolée du reste du monde. J'ai cru que c'était un coup d'État.

– Si c'est le cas, ce n'est pas encore arrivé jusqu'ici.

– Tout met plus de temps à arriver sur cette île, dit Uli de sa voix douce. Même le temps.

Cornelia le regarde, les yeux brillants de malice.

– C'est possible. Ma première impression en ouvrant les yeux dans la voiture, parce que je dormais, j'ai dormi tout le chemin depuis l'aéroport, c'est que mon voyage était une remontée dans le temps. D'un seul coup, j'étais dans le XIXe siècle. Et très vite, j'ai compris que je n'aimerais pas vivre au XIXe siècle.

Uli tressaille :

– Et pourquoi pas ?

– Je n'arriverais pas non plus à vivre au XXe siècle. Et c'est de là que je viens, ça paraît impossible mais j'ai passé toute mon enfance dans le siècle dernier.

– Nous venons tous de là, dit Zivane. Surtout moi, Uli et Daniel. Nous venons des profondeurs du XXe siècle.

– Des profondeurs, quand même non, dit Daniel horrifié.

– Des profondeurs, oui, de son cœur. Nous sommes très anciens. Notre amie nigériane, au contraire, est une enfant. J'ai tapé mon premier roman sur une machine à écrire. Il n'y avait encore ni Internet ni téléphones portables.

Cornelia feint l'étonnement :

– C'est quoi, une machine à écrire ?

Jude émerge du fond du couloir, la peau du visage lisse et fraîche, une chemise en lin bleu turquoise tombant chiffonnée sur un bermuda noir. Il semble sortir d'une publicité pour vêtements d'été. Il salue les écrivains présents d'un léger signe de tête.

– Quelle lumière magnifique, dit-il. Belle matinée.

– Et les chiens ? demande Uli. Comment as-tu échappé aux chiens ?

Jude fronce les sourcils.

– Les chiens ? Ah oui, les chiens. Une trentaine au moins. Zivane est parti courir avec eux. Je suis rentré seul à l'hôtel. Je suis le genre d'individu que même les chiens ne remarquent pas. Je souffre depuis l'enfance d'une espèce d'invisibilité chronique.

– Je suis désolé de ce qui s'est passé avec Internet, dit Daniel.

– Et que s'est-il passé avec Internet ?

– Nous n'y avons plus accès. Et pas de téléphone non plus, se plaint Cornelia.

– Mais on a cette lumière, mon amie. Le ciel d'Afrique. La mer si différente de la nôtre. As-tu une seule fois nagé dans l'océan Indien ?

– Il faut que je travaille.

– Nous sommes des écrivains. Notre travail consiste à absorber la lumière, comme les plantes. À transformer la lumière en matière vivante. Est-ce que tu arrives à écrire sans commencer par t'enchanter ?

– Ne fais pas le poète avec moi. Surtout toi avec ton addiction aux réseaux sociaux. J'ai ouï dire que tu gagnes plus d'argent avec les photos que tu mets sur Instagram qu'avec les droits d'auteur de ton seul et unique livre publié. En fin de compte, tu es écrivain, blogueur ou photographe ?

– Je suis tout cela à la fois.

Daniel tousse nerveusement.

– Voilà qui me semble un bon thème pour le débat de cet après-midi.

– Je pensais que vous alliez parler de la question de l'identité et de la nouvelle littérature nigériane, dit Cornelia. Ou quoi que ça puisse être.

– On est d'accord sur ce point, dit Jude. Je ne sais pas s'il existe une nouvelle littérature nigériane. Ni même s'il existe une littérature nigériane.

– Ou si le Nigeria existe ?

– Précisément, je ne sais même pas si le Nigeria existe.

Uli éclate de rire.

– Le thème prévu au programme n'a aucune importance. Ça n'en a jamais, n'est-ce pas, Daniel ?

– Ce qu'on recherche, c'est une bonne conversation.

– Ce sera une bonne conversation, assure Jude. Le public peut poser des questions ?

– Bien sûr.

– Excellent. Ce sera sûrement le meilleur moment.

– Tu crois que je ne peux pas poser de bonnes questions ?

Ils rient tous. Jude attend que les rires se calment.

– La participation du public est toujours plus intéressante parce qu'elle suppose un certain risque. Les modérateurs sont presque toujours des personnes raisonnables, bien élevées. Qui respectent les règles. En ce qui concerne les lecteurs, on ne sait jamais, il peut y avoir des agents provocateurs dans le public. Des terroristes. Ce sont les questions imprévisibles qui nous réveillent, nous font réfléchir. Qui nous amènent, éventuellement, à abandonner des idées que nous tenions pour justes.

– Je n'arrive pas à répondre de façon intelligente à des questions idiotes, conteste Cornelia. Les terroristes dont tu parles peuvent être originaux, mais seulement parce que la bêtise, parfois, arrive à être originale. La bêtise des journalistes me suffit. Excuse-moi, Daniel, je ne parle pas de toi.

– Je ne suis pas journaliste.

– Non ?!

– Non. J'ai été journaliste. Aujourd'hui, je ne suis qu'écrivain.

– Heureusement que tu as abandonné le journalisme. Cela me permet de dire du mal des journalistes, en particulier des Européens. Une fois, à Paris, dans une émission de télévision de grande audience, un imbécile a voulu savoir pourquoi, alors que je suis une écrivaine africaine, il n'y avait pas d'animaux sauvages dans mes romans.

– Dans les miens, il y en a, avoue Uli.

– Peut-être parce que tu as besoin de lions pour avoir l'air africain.

Zivane rigole.

– Dans mes romans aussi, il y a des lions.

– Je comprends l'agacement de Cornelia, intervient Daniel. Pendant très longtemps les critiques européens ont exigé que nous n'écrivions que sur l'Afrique. L'Afrique telle qu'ils l'imaginent. Un écrivain africain qui aurait choisi, je ne sais pas, d'écrire un roman sur la guerre civile d'Espagne serait pris pour un fou furieux. Cela a changé, heureusement.

Jude, qui s'est assis sur une chaise longue, face à la mer, se retourne vers Daniel.

– Vraiment ?

– Cela a tellement changé que tu as toi-même écrit un roman sur Lisbonne et que ce roman a été un succès dans le monde entier.

– C'est Lisbonne, oui, mais vue à travers les yeux d'un Africain.

– Très bien. Les Européens commencent à accepter qu'un écrivain africain ait le droit de sortir de sa case et qu'il se promène dans le monde, comme n'importe qui d'autre. En même temps, s'il a envie de s'occuper des lions, pourquoi pas ?

– Parce que cela renforce les idées préconçues des Européens en ce qui concerne l'Afrique, s'énerve Cornelia. La grande littérature agit contre les lieux communs.

– Il existe beaucoup de réalités différentes en Afrique et, dans certaines d'entre elles, il y a des lions, conteste Zivane. Moi, je veux écrire sur mon pays, et dans mon pays il y a des lions, des sorciers, des enfants dansant autour du feu. Je n'écris pas pour faire plaisir aux Blancs, mais si les Blancs aiment mes lions, tant mieux.

– Nous ne devons pas craindre les lieux communs, dit Uli. Chaque homme est un lieu commun. Et puis, n'importe quel lieu commun peut être le plus rare des lieux. Il suffit de savoir regarder.

– Sages paroles, dit Jude, se courbant dans une petite révérence. Le regard est tout.

5

L'église de Santo António brille au loin, très blanche, flottant comme une joyeuse illusion sur l'émeraude polie de la mer.

Uli s'arrête pour contempler le tableau.

– La mer a toujours cette couleur ?

Daniel sourit.

– Non. La mer n'a jamais la même couleur.

– La mer, le ciel, le feu. Je devrais vivre ici.

– Ne te fais pas d'illusion. Zivane a raison de toujours se méfier des paradis. L'expression "paradis parfait" n'est pas une redondance, mon cher, c'est un oxymore.

À l'intérieur de la petite église, transformée en quartier général du Premier Festival littéraire de l'île de Mozambique, Moira dirige une troupe remuante de bénévoles. Elle appelle les deux amis et leur présente un jeune homme maigre, aux grands yeux vifs, habillé d'un jean noir et d'une chemise blanche, boutonnée aux poignets. Le jeune homme les salue d'une courbette.

– C'est très émouvant pour moi de faire votre connaissance. Je suis un grand admirateur. Vous avez des styles tellement différents, mais une même tendresse pour les petites gens.

– Merci, dit Uli. On ne m'avait jamais dit cela. Comment t'appelles-tu ?

– Gito Bitonga, comédien.

– Gito est le comédien qui va lire le texte de Jude, dit Moira en s'asseyant, tout en soutenant de ses deux mains son ventre imposant. Tous les écrivains vont lire un extrait de leur livre respectif en début de séance. Les Nigérians en anglais. Des acteurs mozambicains interpréteront les traductions en portugais. Notre Gito prend sa mission tellement au sérieux qu'il a passé ces dernières vingt-quatre heures à suivre Jude, en cachette, comme s'il était un agent secret.

Gito se tord les mains.

– C'est un travail d'acteur. Je ne veux pas être seulement sa voix. Je veux que les gens croient que je suis lui.

– Peut-être devrais-tu porter une autre chemise, lui conseille Uli. Tel que tu es là, tu as l'air d'un curé.

– Tu dis ça parce que tu ne l'as pas encore entendu lire, dit Moira. Gito devient Jude. S'il arrive sur scène habillé en cosmonaute, tu vas croire que c'est Jude habillé en cosmonaute.

6

> “Au Portugal, il n’y a pas de racisme”, répètent les Portugais. En plus de partager cette charmante illusion, tous se croient blancs, y compris deux ou trois Noirs sans équivoque que j’ai connus à Lisbonne.

Gito Bitonga lit le texte de Jude avec la voix qu’il a volée au Nigérian. Ses gestes aussi sont identiques, la façon suave et précise avec laquelle ils s’enchaînent les uns aux autres. Le public, surpris, commence à rire, mais très vite, se laisse prendre par le texte.

– Regarde Jude, murmure Uli à l’oreille de Daniel.

L’écrivain nigérian se penche en avant, le visage illuminé par l’étonnement.

– Si ce n’étaient leurs vêtements, je serais incapable de distinguer l’un de l’autre, dit Daniel. Ce gars est vraiment bon.

Gito Bilonga poursuit sa lecture :

> Un soir, on m’emmena écouter du fado dans un restaurant. Sur une petite scène, une femme chantait. Elle avait les cheveux courts, lisses et teints en blond. À la fin de son chant, elle descendit de la scène et vint s’asseoir à notre table. Elle me dit qu’elle était mozambicaine, née à Inhambane, fille et petite-fille de Sangomas, bien que son père fût portugais, et elle m’appela frère. Puis elle continua en philosophant sur la tristesse congénitale des Portugais. Elle fit l’éloge de la tristesse avec des mots nets et beaux. La mélancolie est très valorisée au Portugal.

Il poursuit sa lecture encore une quinzaine de minutes. À peine a-t-il fini que le public se lève pour l’applaudir. Jude et Daniel quittent les sièges qu’ils occupaient, au premier rang, et s'installent dans deux fauteuils confortables, face au public.

– Bonsoir, salue Daniel. C'est un grand bonheur pour moi d'être ici aujourd'hui, pour vous présenter l'un des écrivains africains que j'admire le plus, Jude d'Souza. Jude est né à Lagos, au Nigeria, et il a grandi à Londres, où il vit toujours. Pardonnez-moi, mais je ne peux m'empêcher de vous demander d'où vient votre nom de Souza, si portugais.

– Bonsoir, dit Jude en portugais. Puis il passe à l'anglais, traduit par Moira. Quand j'ai reçu l'invitation à participer à ce festival, ma première réaction a été l'incrédulité. Je savais que Camões avait vécu deux ans en Afrique, dans l'île de Mozambique, en venant de Goa, et cela a aiguisé ma curiosité. J'ai répondu que je viendrais. Et me voici ici, nous voici tous ici, dans cette maison où il a peut-être fini l'écriture des *Lusiades*. Quant à votre question, vous avez raison, mon nom est portugais. Je suis le descendant d'un marchand d'esclaves brésilien établi au Bénin à la fin du XVIIIe siècle. Il devint très riche. Il engendra de nombreux enfants. L'un de ses petits-enfants, mon grand-père maternel, partit à Lagos sur les traces d'une femme qu'il ne connaissait pas, dont il avait juste entendu parler, et il l'épousa.

– C'est pour cela, à cause de ce nom, Souza, que vous vous êtes intéressé à Lisbonne ?

– Je me suis d'abord intéressé au Brésil. J'ai visité Rio de Janeiro. Je suis resté deux mois à Ouro Preto. Je suis parti au Portugal parce que j'avais commencé à écrire une biographie romancée de cet arrière-arrière-grand-père marchand d'esclaves, Francisco Félix de Souza, dont quelques-uns des fils avaient fait leurs études dans ce pays. Mais au lieu de cela, j'ai écrit un roman sur Lisbonne.

– Le narrateur de votre roman, *Uma luz tão escura*, Une si sombre lumière, se confond avec l'auteur. Peut-on dire qu'il s'agit d'un roman autobiographique ?

– Je ne suis pas ce narrateur.

– Non ? En êtes-vous sûr ?

– Ce Jude me ressemble, nous partageons un passé semblable, mais il est plus grand, plus beau et bien plus intéressant que moi. Et de plus, c'est un salopard.

Le public rit. L'écrivain perçoit l'hésitation de Daniel et insiste :

– Un salopard, oui, un fils de pute.

– D'accord, un salopard, concède Daniel, tandis que le public explose de rire. Il me semble que c'est une qualification un peu exagérée. Pourquoi salopard ?

– Mon personnage, Jude, est un type brutalement égocentrique, narcissique, macho et misogyne.

– Vous ne craignez pas que le lecteur vous confonde avec lui ?

– Vous me voyez comme un salopard ?

Daniel rit nerveusement.

– Le narrateur du roman a votre nom, il est écrivain.

– J'aime explorer la possibilité d'être un autre, différent de moi, mais en restant moi-même. Et j'aime aussi confondre le lecteur.

La conversation se poursuit. Jude parle de la nouvelle vague d'écrivains africains, plus soucieux d'être écrivains que de paraître africains. Il parle de cosmopolitisme, de localisme et d'identité. Finalement Daniel demande au public s'il y a des questions. Une jeune fille lève le bras.

– Je m'appelle Judith, dit-elle. Je suis étudiante en psychologie. Vous êtes marié, monsieur ?

Des rires. Daniel essaie de ramener le calme.

– D'autres questions ? Des questions sérieuses ?

Un vieil homme grand et puissant, aux larges épaules de rameur, à la barbe blanche très bien taillée, se lève d'une rangée du fond. Il demande l'autorisation de parler en anglais.

– Je ne suis pas mozambicain, je viens de loin. J'ai lu votre roman. J'ai bien aimé. Un salopard ce Jude, c'est vrai. Un salopard comme l'était Hemingway, par exemple. Un sympathique fils de pute. Mais ma question ne porte pas sur le narrateur. Ce que j'aimerais savoir, c'est comment vous voyez l'avenir de l'Afrique.

– Des oracles, soupire Jude. Pour beaucoup de gens, nous les écrivains, nous sommes les nouveaux oracles. Désolé. Je suis incapable de voir le futur. Je ne sais pas ce qu'il va arriver à l'Afrique.

Un silence gêné suit. Le vieil homme se rassied, immense, très digne, sur son siège.

Uli lève la main.

– Pour changer un peu la question précédente : quel serait, à ton avis, un bon avenir pour l'Afrique ?

Jude s'appuie sur le dossier de son fauteuil, baisse les paupières, et pendant quelques secondes, semble s'être endormi. Puis il ouvre les yeux, se redresse et dévisage Uli, l'air mauvais.

– Mon utopie africaine ?

– Oui, ton utopie africaine.

– Rien d'original. Je rêve la même chose que rêvaient les premiers panafricanistes : un continent qui ne souffrirait pas de l'inconvénient des frontières, indépendant, vivant, libéré de la misère et de la corruption.

– Cela donne la mesure de notre échec, vous ne trouvez pas ? dit Daniel. Le nôtre, celui de notre génération. Nous n'avons même pas été capables de créer de nouvelles utopies. Au contraire, nous avons reculé.

7

Uli remarque les murs lépreux de la vieille église, de l'autre côté de la rue. Il a séjourné souvent dans l'île. Il a déjà vu cette église presque en ruine. Il l'a revue chaulée de frais, éclatante au soleil comme une mariée. La mer s'immisce à travers le sol de corail le long des murs, par les pieds nus des enfants, par les jambes et les puissantes cuisses des femmes, si bien que les maisons et les gens finissent peu à peu par faire partie de la mer. Les murs ont goût de sel. Les plus vieux d'entre les vieux sont déjà au moins trois quarts mer, un quart chair. S'ils arrivent à se redresser, les nuits de pleine lune, ils le doivent à la force de leur part océanique. Ils sont mus par les marées.

– Je n'ai pas compris pourquoi Jude s'est énervé contre ce vieux bonhomme, dit Uli. Bien sûr, nous n'avons pas de réponse pour toutes les questions. Nous ne sommes pas des oracles. Par ailleurs, c'est vrai qu'il existe une parenté entre littérature et magie. Nous ne savons pas toujours d'où nous viennent certaines phrases. Cela nous arrive à tous.

– Le premier vers est un cadeau de Dieu, dit Luzia. C'est Valéry qui l'a découvert. Je n'ai pas cette chance. Dieu ne m'a jamais rien donné. Alors, je vole. Je vole beaucoup. Je vole les vers des poètes que j'aime et même de quelques-uns que je déteste, mais à qui Dieu, dans son infinie iniquité, a offert un ou deux bons vers. Au fond, je vole Dieu. Qui vole Dieu ne va pas en enfer.

Ils sont sur la promenade, devant l'Âncora d'Ouro, assis à une petite table. Les deux amis boivent un Coca, Luzia a demandé une bière et des crevettes frites.

– Qui est ce vieux ? demande Uli.

– Il est angolais, répond Daniel. Il a l'accent angolais. Mais je ne le connais pas.

– Je pensais que tu connaissais tous nos compatriotes, se moque Luzia.

– Tous non. Celui-là, j'aimerais le connaître, je trouve que c'est un curieux personnage.

– Donc, c'est un mystère, conclut la jeune poétesse. J'adore les mystères.

– Mystère, mystère, c'est ce qui est en train de nous arriver ici sur l'île, dit Daniel à voix basse. Je ne veux pas vous effrayer, mais depuis hier, nous n'avons plus aucun contact avec le reste du monde.

– Internet ?

– Pas seulement Internet. Personne n'est plus arrivé ici.

– Personne n'est arrivé ?

– Personne n'a traversé le pont. Hier nous avons envoyé un chauffeur à Nampula pour chercher Breyten Breytenbach à l'aéroport, et aucune nouvelle. Ils ne sont pas arrivés.

– La route est peut-être impraticable, dit Uli. La voiture est sans doute restée embourbée quelque part.

– Nous y avons pensé. Ce matin nous avons envoyé une Jeep, avec notre meilleur chauffeur, un *madié,* un citoyen, très expérimenté, et lui non plus n'est pas revenu.

– Caramba, sur le continent c'est le déluge et ici la nuit est splendide, chaude, sans la moindre brise.

– Et le ciel ? murmure Luzia, émerveillée. Je n'ai jamais vu autant d'étoiles.

8

Depuis plusieurs nuits, Moira se réveille en pleine nuit, toujours avec le même cauchemar : elle se voit allongée sur son lit, agonisante, tandis que Lucília, la sage-femme, essaie de contenir le flot de sang et de boue qui jaillit de son ventre. Le bébé roule à terre, au milieu de poissons aux yeux hallucinés et de tessons de porcelaine chinoise, de petites perles de verre de couleur, de pièces d'argent, tandis que Moira essaie de l'attraper, mais il glisse et fuit dans la noirceur de la nuit, riant, se moquant d'elle.

Elle est à trente-huit semaines de grossesse. Dès la première heure, elle a décidé d'accoucher à la maison. Son père a approuvé, euphorique. Daniel s'est rendu, comme il se rend toujours à ses désirs. Une partie de la famille, cependant, continue à faire pression pour qu'elle revienne sur sa décision. Lucília, qui au début s'était montrée disposée à accéder à sa volonté, paraît à présent plus dubitative. L'alternative consiste à faire le voyage jusqu'à Nacala, où se trouve un bon hôpital, mais c'est à une heure et demie de voiture.

Moira s'assied sur son lit, les bras autour du ventre. Elle ne veut pas dire à Daniel qu'elle a peur et qu'elle préférerait accoucher à Nacala. De toute façon, tant que la tempête fait rage sur le continent, ils ne pourront pas voyager.

– Mon fils, aie un peu de patience, dit-elle à voix haute, en caressant son ventre. Attends encore une semaine, jusqu'à la fin du festival. On pourra partir après. Tu ne peux pas naître maintenant.

Elle se lève, se prépare un thé. Les écrivains invités se plaignent de ne pas avoir accès à Internet. Il n'y a pas de nouvelles du poète sud-africain Breyten Breytenbach, qui aurait dû arriver la veille à Nampula. Pire : personne ne sait rien de ce qui se passe à Nampula, ni dans le reste du pays, ni dans aucun autre endroit du monde.

Comme s'il n'y avait pas assez de problèmes, la climatisation a cessé de fonctionner. Le générateur tousse, souffre de brèves convulsions. Il ne supportera pas vingt-quatre heures de plus. Moira ne connaît aucun électricien, sur l'île, capable de réparer les pannes. Elle a essayé de téléphoner à Nampula et Nacala. Les téléphones sont toujours muets. Pour elle, tout va bien. Mais Daniel souffre de la chaleur. Il n'arrive pas à dormir. Les nuits les plus chaudes, les gens de l'île mettent des nattes sur la promenade et dorment sous les étoiles. Elle aimerait faire comme eux, mais si elle le proposait à son mari, elle est certaine qu'il passerait les prochaines semaines à se moquer d'elle. Elle l'imagine se plaignant : "Je suis angolais, un Angolais urbain. Tu crois vraiment que je vais dormir dans la rue, couché sur une natte ?"

Elle se dit que leur lit pourrait être transporté sur la terrasse. Là-haut, même les nuits les plus chaudes, il souffle toujours une petite brise. Malheureusement, ils n'ont jamais réussi à faire un escalier pour y accéder. Momade de Jesus écaille un poisson, dans le jardin. Elle le regarde finir son travail. Et lui demande de l'aider à démonter le lit. Ce qui ne semble pas étonner le domestique. C'est un homme sec et silencieux, lourd d'un passé amer, dont il n'aime pas parler. Ils s'agenouillent tous les deux sur le sol de la chambre, chacun un tournevis à la main et, en quelques minutes, achèvent le travail.

– Qu'est-ce qu'on fait après ? demande Momade.

– Porte tous ces éléments sur la terrasse. On va remonter le lit là-haut. Je vais t'aider.

– Vous allez monter ?

– Oui.

– Mademoiselle Moira, ne faites pas ça. C'est dangereux. On ne peut monter là-haut qu'avec un escabeau ou une échelle en bois. Mais l'échelle en bois n'est pas très sûre.

– Je sais. S'il te plaît, va chez mon père chercher l'escabeau.

Momade de Jesus revient avec l'escabeau. Il transporte les éléments du lit sur la terrasse. Moira monte, avec des draps propres et une moustiquaire. Ils remontent le lit. Le plus difficile, c'est de transporter le matelas. Ils essaient plusieurs façons. Finalement, l'homme réussit à grimper sur l'escabeau, marche après marche, en tenant le matelas en équilibre sur la tête.

– Tu es mon héros, dit Moira. Maintenant, monte l'escabeau. Je vais en avoir besoin.

Momade hisse l'escabeau. Moira attache l'extrémité d'une corde à son sommet et l'autre à l'antenne parabolique et se sert de la structure pour y fixer la moustiquaire. Voilà, c'est bien, le lit est prêt. On dirait un voilier, très blanc, prêt à naviguer entre les constellations.

– On descend comment ? demande Momade.

Moira rit.

– Je n'y ai pas pensé. Tu ne peux pas sauter ?

– Sauter ?!

– Oui, tu sautes dans le jardin, puis tu appuies l'échelle en bois sur le mur et je descends.

– Non. Momade secoue la tête, dans un refus ferme. C'est trop haut.

À ce moment, ils entendent la voix de Daniel.

– Moira ? Où es-tu ?

– Ici, en haut sur la terrasse.

Daniel surgit dans le jardin. Il lève les yeux, ébahi.

– Qu'est-ce que vous faites là-haut ?

– C'est une surprise, dit Moira. Tu vas aimer.

Daniel se couche sur le dos dans l'herbe, les bras écartés, le regard perdu dans le ciel qui s'obscurcit. Il ne dit rien.

– Je t'assure, insiste la jeune femme. Tu vas aimer.

Pas de réponse.

Moira s'assied sur le bord de la terrasse, les jambes dans le vide.

– Ne fais pas ça, demande Daniel. Tu peux tomber.

– Tu es fâché ?

Daniel se relève.

– Je ne suis pas fâché. Je suis inquiet. Comment es-tu montée ?

– Avec l'escabeau. Tu n'as pas à t'inquiéter. Tout va bien.

– Sauf qu'on va avoir besoin de l'échelle pour descendre, patron, dit Momade. L'échelle en bois.

– Ne l'appelle pas patron, demande Moira. Je t'ai déjà dit qu'il n'aime pas qu'on l'appelle patron.

Momade regarde Daniel et hausse les épaules. Daniel lui rend son regard et le geste. Puis il va chercher l'échelle, l'appuie contre le mur et monte.

– Je comprends pourquoi vous ne pouvez pas redescendre par l'escabeau, dit-il admirant le lit qui se détache contre le ciel flamboyant. Si je n'étais pas arrivé, vous seriez restés ici pour toujours. Mais je dois reconnaître, oui, c'est très joli.

– Tu aimes ? Moira l'enlace.

– J'aime. Alors ce soir, nous dormons sur la terrasse, c'est ça ?

9

Uli aime la mer. Nonobstant cet amour, il ne se baigne jamais. Assis à l'extrémité du ponton, sur les marches qui descendent jusqu'à l'eau immobile, il voit le soleil s'éteindre à l'horizon et celui-ci se refermer à ses pieds comme un puits profond.

Il pense : *Il n'y a pas de couchers de soleil heureux*. Et il lui vient à l'esprit qu'il a traversé sa vie entière en état de coucher de soleil. Pas par la faute du destin, non, il a eu une enfance protégée et sans soubresauts, il aime son travail, il est marié depuis quarante ans, il a des enfants et des petits-enfants, il est une personnalité aimée et respectée dans son pays. Bref, il ne lui manque rien.

– Vous êtes triste, l'écrivain ?

Uli lève les yeux. Devant lui se tient une vieille dame, décharnée et pas plus haute qu'une enfant de neuf ans, avec un nez pointu et des mains fines et anxieuses qui semblent vouloir parler pour elle. Uli, qui a pris l'habitude de comparer les êtres humains aux animaux, pense en la regardant à un croisement impossible entre une poule et une tortue.

– Vous me trouvez triste ? demande Uli.

– Toujours, répond la femme. Même quand vous riez.

– Merci pour votre franchise.

– Il n'y a rien de mal à être triste. J'ai toujours préféré les hommes tristes.

– Vous êtes venue assister au festival ?

– Excusez-moi, je ne me suis pas présentée. Je m'appelle Francisca de Bragança. Je suis née dans l'île il y a très longtemps. J'ai toujours vécu ici. Je suis la dernière.

– La dernière ?

– La dernière de ma famille.

Elle se tait, mais ses mains continuent à s'agiter dans un ballet frénétique. *C'est peut-être une langue des signes,* pense Uli. *Je crois qu'elle est silencieuse, et en fait elle continue à parler. C'est moi qui ne l'entends pas. Quelqu'un qui ne connaît pas la langue des signes est le sourd d'un sourd.*

– Les hommes tristes sont plus élégants. La joie, au contraire, m'a toujours paru vulgaire, ajoute-t-elle. Voyez Rui Knopfli, l'élégance en personne...

– Rui est mort.

– Il n'est pas du tout mort, rit dona Francisca. Ce matin encore je lui ai parlé, au Âncora d'Ouro. Rui était en train de lire un livre interdit.

– Un livre interdit ?!

– *Luuanda,* de Luandino Vieira. Vous l'avez lu ?

Uli répond que oui, il y a très longtemps. Quand il l'a lu, le livre n'était déjà plus interdit. Il ne le dit pas. Il se lève. Prend congé de la vieille dame d'un signe de tête et retourne à son hôtel.

10

Daniel est au bar, près de la piscine, et bavarde avec Abdul. Uli lui donne une petite tape dans le dos en s'asseyant à ses côtés. Il salue Abdul et lui demande un Coca.

– Où t'étais-tu caché ? demande l'Angolais. Personne ne savait où tu étais passé.

Son ami hoche la tête, simulant une expression d'étonnement.

– Tu n'imagines pas ce qui m'est arrivé.

– Quoi ?

– Tu connais peut-être une dame très vieille, toute petite…

– Dona Francisca ?

– Elle-même.

– Ne me dis rien. Je devine. Elle t'a invitée à un bal au Palais du Gouverneur ?

– Un bal ? Non, non, elle m'a dit qu'elle a bavardé toute la matinée avec Rui Knopfli.

– À l'Âncora d'Ouro, c'est ça ? Oui, ils sont très amis, ils se voient très souvent.

– Se voyaient. Knopfli est mort en 1997.

– Il est mort pour nous qui vivons au XXIe siècle. Il n'est pas mort pour dona Francisca qui vit en mars 1974.

– Tout le temps ?

– Elle fait quelques incursions dans le présent, mais elle préfère rester en 1974.

– Je vois. Elle n'aime pas l'indépendance.

– Sa famille est partie après l'indépendance, les uns à Goa, les autres au Portugal. La communauté goane ou d'origine goane a presque disparu. En plus, l'île a beaucoup souffert de la guerre et du départ.

– Je sais. Quand je suis venu ici la première fois, la plupart des maisons étaient en ruine.

– On dit qu'il y a dix ou douze ans, dona Francisca a été renversée par une moto, sa tête a heurté le trottoir et quand elle s'est réveillée, elle avait voyagé dans le temps, dans le passé, un jour de mars 1974.

– Toujours le même jour ?

– C'est ce qu'on dit.

Uli finit son Coca-Cola et en demande un autre, avec une rondelle de citron et beaucoup de glaçons.

– Il fait chaud, se plaint-il. Dis-moi : si tu devais passer le reste de ta vie prisonnier d'un seul jour, quel serait ce jour ?

Daniel s'appuie contre son dossier.

Bonne question. Il ferme les yeux, pensif. La semaine dernière, après déjeuner, je me suis endormi en tenant Moira dans mes bras. Je crois que cela a été la plus belle sieste de ma vie. Je pourrais rester jusqu'à la fin des temps prisonnier de ce seul moment.

Uli rit.

– Allez, ce n'est pas la peine de mentir. Moira n'est même pas là.

– Je ne mens pas.

– Quoi qu'il en soit, tu n'as pas répondu à ma question. Tu as un jour entier à répéter, seconde après seconde, minute après minute, heure après heure pour le reste de l'éternité. Quel jour choisirais-tu ?

– En dehors de la sieste, je ne me souviens pas de ce qui est arrivé ce jour-là. J'ai probablement lu, écrit, j'ai nagé un peu, j'ai marché dans la ville au soleil couchant. Oui, je crois que je choisirais un jour comme celui-là, banal, sans surprise. Un jour simple. Tu sais ce que j'ai écrit dans mon journal, ce jour-là ? Rien que deux mots : belle sieste. Il fait une pause. Puis il regarde Uli : Et toi ?

– Moi ?!

– Oui, quel jour voudrais-tu habiter pour toujours ?

Uli écarte les bras, dans un signe d'étonnement muet.

– Le paradis. Parce que c'est bien de cela qu'il s'agit, n'est-ce pas?

– Je suppose que oui.

– Tu as raison. Le bonheur est discret, il s'installe et nous ne nous en rendons pas compte. Après, quand il disparaît, nous constatons qu'il était là. Je déteste cette phrase toute faite, "j'étais heureux et je ne le savais pas", mais c'est ce que je ressens.

– Tu n'as pas répondu à ma question.

– Parce que je suis tellement malheureux que je n'ai pas de réponse.

11

Luzia flotte, face à la nuit, elle sent dans son dos s'approfondir la compacte obscurité de la mer. Elle se laisse aller, la pensée à la dérive, dans l'espoir que le dieu des poètes lui offre un premier vers. Mais, au lieu d'un vers, le Créateur, ou qui que ce soit qui se fasse passer pour Lui, accroupi dans l'immensité cosmique comme un singe somnolent, lui envoie un souvenir récent : "Terminé ! Sauvons ce qu'on peut : les jours heureux !"

La jeune femme se redresse sans trouver le sol où poser les pieds. Elle doit être à une cinquantaine de mètres de la plage. Elle distingue, éclairé par la lune, le tee-shirt qu'elle a laissé sur le sable. La phrase de Kiami lui fait mal comme une brûlure. "C'est mieux comme ça", murmure-t-elle à l'immensité, "c'est mieux comme ça, trancher dans le rêve avant que la réalité ne le pourrisse". Et puis elle se dit : *Quelle bêtise, quelle phrase idiote ! J'aurais préféré vivre le lent processus de la décomposition du rêve, cela aurait sûrement fait moins mal.* Elle nage en direction de la plage. Elle a pied maintenant, et aperçoit une silhouette qui se détache sur l'obscurité et s'assied à côté de ses vêtements. Luzia s'arrête, en alerte. Puis elle reconnaît la silhouette, elle sourit et s'avance, décidée. Elle s'arrête devant l'homme.

– Pourquoi ne te déshabilles-tu pas et ne te jettes-tu pas toi aussi à l'eau ?

Jude la regarde en silence, un sourire moqueur sur le visage.

– Je préfère rester comme ça, moi très habillé et toi somptueusement nue.

– Eh bien moi non, dit Luzia, lui tournant le dos pour chercher et mettre sa culotte. Puis elle enfile son tee-shirt et une petite jupe en jean. Je m'en vais.

– Assieds-toi ! La nuit est si belle.

– Non. La nuit est bizarre. Et toi, encore plus.

L'homme s'agenouille sur le sable. Il lève la tête, humant l'air.

– Tu sens bon.

– Je ne sens rien. La mer, peut-être.

– Ou alors c'est la mer qui a ton odeur. Il l'attrape par la taille. En tout cas c'est une bonne odeur. Laisse-moi te respirer plus à fond.

Luzia le repousse et il tombe en arrière en riant aux éclats.

– Dis-moi, petite, quelqu'un t'a fait du mal ?

La jeune femme passe ses doigts dans ses petites tresses pour les remettre en forme et se recoiffer. Elle redresse la tête, comme couronnée. Ses grands et beaux yeux en amande brillent de fureur.

– J'avais une autre image de toi, dit-elle en marchant vers la route, qu'un lampadaire public éclaire pauvrement. Tu aurais dû me laisser garder cette image.

12

Júlio Zivane, assis à l'une des tables du Karibu, près de la fenêtre, lit *A mulher que foi uma barata*, La Femme qui fut une blatte, de Cornelia Oluokun. Ofélia, qui traverse la rue vers le restaurant, le voit poser le livre et se frotter les yeux, comme s'il se réveillait à peine d'un sommeil étrange et agité. La poétesse ouvre la porte du Karibu et entre.

– Bonsoir, l'écrivain. Vous avez déjà mangé ?

Zivane se lève d'un bond. Il désigne le siège en face de lui.

– Prenez place, poétesse. Prenez place. Je laissais passer le temps. J'allais demander la carte. Puis-je vous inviter à dîner ?

Ofélia s'assied, tout en arrangeant d'un geste sensuel les fleurs de sa robe. Elle sourit.

– Je dîne avec vous, Júlio, mais chacun paie sa part.

– C'est comme ça en Angola? Parce que ici, au Mozambique, c'est l'homme qui paie.

– Vous vous trompez. Aussi bien en Angola qu'au Mozambique, tôt ou tard, d'une façon ou d'une autre, c'est la femme qui finit toujours par payer.

L'écrivain mozambicain lui jette un regard étonné, puis éclate d'un rire énorme, qu'on n'imaginerait pas pouvoir jaillir d'un type aussi maigre et fragile. Ofélia rit elle aussi. Ils rient jusqu'à plus soif. Alors Zivane montre le livre qu'il était en train de lire.

– Cornelia dit quelque chose comme ça, ou plutôt, sa narratrice. Tu l'as lu?

Ofélia aime qu'il lui dise "tu". Oui, elle l'a lu. Dans le roman de Cornelia, une blatte se réveille un jour dans la chambre d'un petit hôtel de Lagos, au Nigeria, transformée en femme. En sortant dans la rue elle découvre le monde des humains, extrêmement violent, cruel, incompréhensible. La poétesse trouve le roman très amusant.

– Moi, je le trouve terrifiant, avoue Zivane. D'ailleurs, une bonne partie des livres des nouvelles écrivaines africaines sont terrifiants. Ce fameux féminisme noir…

– Tu n'es pas féministe?

– Non. Je suis un homme africain traditionnel!

Ofélia rit.

– Ne dis jamais ça en Europe.

– Que je suis un homme africain traditionnel?

– D'abord, que tu n'es pas féministe. Et plutôt qu'homme africain traditionnel, dis que tu te vois comme un représentant légitime de la culture ancestrale africaine. J'aime tes livres. Et je commence à bien t'aimer toi aussi…

– Moi aussi, je t'aime bien et j'aime tes livres. Je les trouve terrifiants, mais j'aime. Nous pouvons aimer ce qui nous fait peur. En vérité, nous ne devrions aimer que ce qui nous fait peur.

– Là, tu as raison, mais je ne suis pas féministe.

– Non ?

– Non. Je suis au-delà. Je suis suprématiste. Je lutte pour une société totalement dominée par les femmes. Ou tout au moins, par une pensée féminine.

– Tu plaisantes ?

– Je parle sérieusement. Je ne plaisante jamais quand je parle des femmes. Qu'est-ce qui t'effraie dans mes livres ?

– Le sexe.

– Le sexe, évidemment. Ofélia se penche au-dessus de la table, en approchant son visage de celui de Júlio Zivane. Qui recule. Elle plante son index sur son nez. Tu dois lire mon prochain roman, camarade. Tu vas te chier dessus.

Ismael les interrompt pour savoir ce qu'ils souhaitent manger. Puis, Luzia arrive et se laisse tomber sans hésitation sur une des chaises.

– J'ai fait une mauvaise rencontre.

Elle raconte l'épisode Jude. Ofélia s'étonne.

– Quel salaud ! Mais ce n'est pas son style.

– J'ai lu son livre, dit Zivane. C'est bien son style, oui madame.

– Pour l'amour de Dieu ! s'irrite Ofélia. Ne confonds pas le narrateur avec l'auteur.

Zivane se rend.

– C'est vrai, ne te fâche pas. Vous êtes toutes amoureuses de cet homme, mais peut-être n'est-il pas le prince charmant que vous imaginez. Il n'est sans doute qu'un pauvre type comme moi, disons, un homme africain traditionnel. Moi, si j'avais son âge et que je rencontrais une jolie femme sur la plage, et en plus complètement nue, j'essaierais moi aussi de lui sauter dessus.

– C'est quoi, un homme africain traditionnel ? demande Luzia.

– Un macho, explique Ofélia. Un gros connard.

– Peut-être, rigole Luzia en levant le bras pour attirer l'attention d'Ismael. La différence c'est qu'au moins Jude est beau.

– C'est sûr, reconnaît Ofélia. Petit, mais beau. Et élégant et parfumé.

– Ça alors ! Moi aussi je suis beau, proteste Zivane.

Ismael se profile, plein de sollicitude.

– Vous avez choisi, mademoiselle ?

– Qu'est-ce que mes amis vont manger ?

– De la langouste grillée, dit Ismael.

– Alors apportez-m'en une aussi. Elle se tourne vers Zivane. Beau, toi ? Bon, ça dépend toujours du vin. S'ils ont un bon vin, peut-être que dans deux heures je te trouverai beau.

– Le vin est bon, assure Zivane, en montrant sa bouteille presque vide. La vérité est dans le vin.

13

Uli lève les yeux et voit un corbeau se détacher de la nuit et se poser, silencieux, sur le disque rouillé de la vieille antenne parabolique. L'oiseau tord le cou, en lançant un regard intrigué en direction de l'écrivain.

– Ne me regarde pas ! Ou je te lance un caillou !

Daniel – qui monte lentement l'escalier, tenant en équilibre dans sa main libre, et avec difficulté, un plateau chargé d'assiettes, de verres et de deux grandes bougies – s'étonne de la menace :

– C'est à moi que tu parles ?

Uli se lève et va aider son ami.

– Non. Je parle avec cet être là-bas, le corbeau. C'est un corbeau hindou. Ce sont des envahisseurs. Ils sont arrivés d'Inde il y a quelques années, dans les bateaux, et maintenant ils sont partout, dans toutes les villes mozambicaines de la côte.

Ils disposent les assiettes et les verres sur la table. Une idée de Moira. Après avoir transporté le lit sur la terrasse, elle a décidé qu'ils dîneraient là ce soir. Uli ne s'en est pas étonné. Ils s'assoient tous les deux, en attendant que le dîner soit prêt.

– Tu vois ? Le salaud continue à me regarder.

– Laisse le corbeau tranquille, dit Daniel. Je n'aurais jamais imaginé de t'entendre parler mal des immigrés.

Uli rit.

– Ils attaquent les oiseaux indigènes, mangent leurs œufs. Ils détruisent tout.

– Ça m'a tout l'air d'un discours xénophobe.

Le corbeau descend se poser sur la terrasse. Il reste un moment immobile, l'air méfiant. Il s'approche des deux amis à petits sauts prudents, les yeux curieux, très antiques, fixés sur les iris bleus d'Uli.

– Ses yeux ! s'écrie Daniel effrayé, en voyant la lune tomber dans les yeux de l'oiseau. La lumière dans ses yeux !

– Ce sont des animaux très intelligents, dit Uli. Nous avons tendance à nous méfier des animaux intelligents qui ne nous ressemblent pas. Les gorilles, d'accord, ce sont des cousins proches. Mais nous avons du mal à accepter que des poulpes ou des corbeaux puissent être intelligents.

Le corbeau tourne doucement autour d'eux, sans quitter Uli des yeux, il hoche la tête dans un salut silencieux, prend son envol et disparaît dans la nuit. Un long éclair illumine la terrasse. Au loin, venu du jardin, l'appel de Moira se fait entendre. Elle a mis le repas dans un panier, puis elle a attaché une corde à l'anse. Là, elle lance l'extrémité libre de la corde sur la terrasse. Daniel l'attrape dès le premier essai et tire le panier. Moira monte. Ils allument les bougies. Ils se servent de la *matapa de siri-siri,* un plat traditionnel de l'île, et de la *xima* de manioc.

– Si je devais choisir les cinq meilleurs plats de la gastronomie traditionnelle de tous les pays que je connais, je mettrais la *matapa de siri-siri* en première place. Celle-ci, en particulier, est excellente, dit Daniel. Ce qui ne me convainc pas, c'est votre *funje*.

– Il dit qu'il y a du sable dans notre *xima*, se plaint Moira.

– C'est vrai, vous ne tamisez pas, ou mal, la farine de *bombó*.

– Daniel a raison, concorde Uli. Mais on n'est pas supposé croquer la *xima*. On l'avale avec le sable et le reste. Ça fait du bien.

– Le sable fait du bien ?

– Ça fait des merveilles. Quand j'étais petit, je m'échappais de la maison pour aller manger de la terre. Si on me donnait un morceau de terre, je savais dire si elle venait de notre jardin, du jardin du voisin ou du terrain vague à côté de la rivière.

– Tu avais un palais sensible à la terre ? se moque Moira.

– Et je l'ai toujours. J'ai même pensé à ouvrir un restaurant qui ne servirait que de la terre. Terre de tous les pays : la meilleure boue de Beira, l'humus du Nil, le sable d'Ipanema, le limon sacré du Gange.

L'idée est accueillie avec des rires. Ils discutent pendant un bon moment du nom qu'ils donneraient au restaurant. Les ombres s'allongent au fur et à mesure du repas. Moira raconte l'histoire d'un Anglais qui portait des lunettes de soleil la nuit dans l'île, parce qu'il ne supportait pas la splendeur des étoiles.

14

Cornelia Oluokun, étendue sur une chaise longue, sur une terrasse si blanche que même la nuit, elle rayonne de tant de blancheur, contemple l'éternité qui tisse autour d'elle une fine toile de silence. Elle voit la silhouette de Jude s'approcher. Elle ne bouge pas. L'écrivain s'assied sur une chaise à côté d'elle.

– Plus tranquille ?

– Plus résignée. C'est comme si nous étions morts.

Jude considère cette éventualité.

– C'est peut-être cela. J'imagine que les morts n'ont pas de nouvelles du monde des vivants. Et les vivants, tu crois qu'ils savent ce que nous devenons ?

– Les vivants nous ont déjà oubliés.

– Moi, sûrement. Toi, j'en doute. Tu es inoubliable.

Cornelia tourne la tête vers lui.

– C'est un compliment ?

– C'est la vérité.

– Je pensais que tu ne m'aimais pas.

– Tu te trompes. J'ai de la sympathie pour toi et je suis un grand admirateur de ton œuvre.

– J'ai lu ta critique de mon deuxième roman. Il ne me semble pas que tu l'aies aimé. Cornelia s'assied. Se redresse. Imite l'accent *posh* de Jude. "Oui, le nouveau roman de Cornelia Oluokun commence très bien, avec une étincelle de génie, mais cela ne suffit pas à illuminer sept cents pages d'une prose compacte et pas toujours élégante."

– J'ai écrit ça ?

– Tu l'as écrit.

– Si je me souviens bien, je lui ai donné quatre étoiles sur cinq.

– Justement. Tu ne lui en as pas donné cinq.

– Je suis sûr que je n'ai jamais donné cinq étoiles à aucun roman.

Ils se taisent. Cornelia se rallonge sur sa chaise longue. Elle regrette d'avoir parlé. Par ailleurs, elle avait, depuis des mois, cette critique en travers de la gorge qui lui empoisonnait la vie. Finalement, elle l'avait dit. Demain, elle se sentirait mieux. Jude pense à l'envoyer se faire foutre, et à se lever pour aller boire un martini au bar du Villa Sands. Mais il laisse tomber. Il ne veut pas se brouiller (peut-être pour toujours) avec l'écrivaine préférée de neuf critiques littéraires sur dix. Le *Time* la considère comme l'une des femmes les plus influentes du monde. On dit qu'elle a reçu une avance d'un million de dollars pour l'édition américaine de son prochain roman.

Un livre non encore écrit, qui n'a même pas de titre, mais dont on affirme qu'il sera peut-être la "deuxième décolonisation de l'Afrique" (*Times Literary Supplement*). Donc, il préfère changer de sujet :

– Quel est le thème de ta table ronde, demain avec Uli Lima ?

– Littérature et féminisme.

– Ce n'est pas vrai !

– Non, évidemment que ce n'est pas vrai. J'aurais refusé. En tout cas, c'est un thème aussi idiot : "Le regard de l'ennemi."

– Ça ne me paraît pas idiot, conteste Jude. L'idée est de débattre sur la capacité de la littérature à nous donner à voir d'autres perspectives, parfois même antagonistes. Tes livres font ça très bien, ceux d'Uli aussi.

– Qu'est-ce que tu as lu de lui ?

– J'ai lu tous ses livres traduits en anglais. En ce moment je lis son dernier roman en portugais. D'ailleurs, c'est ce que je faisais tout à l'heure, assis dans la véranda de ma chambre, avec l'aide d'un dictionnaire portugais-anglais.

– Et alors ?

– Je le trouve très intéressant. Il y a en lui une joie de l'affabulation, qui s'est perdue en bonne partie dans la littérature européenne contemporaine, mais pas ici, en Afrique. En règle générale, nous, nous aimons encore raconter des histoires. Toi aussi. Le livre d'Uli semble être bâti sur une base autobiographique, on pourrait croire que ce gamin c'est lui, il y a cinquante ans, mais tout d'un coup il arrive quelque chose qui dynamite la rationalité. Ça n'a rien à voir avec de l'autofiction. Je déteste l'autofiction.

– Ton livre est de la pure autofiction.

– Non. C'est une parodie d'autofiction. De toute façon je déteste mon livre. Pourquoi penses-tu que je n'en ai pas publié un autre ? Parce que je ne veux pas écrire et publier le même livre idiot. Je veux faire quelque chose de complètement différent. Je ne sais pas ce que ce sera.

15

Cinq années auparavant, Daniel se réveilla une nuit sans savoir où il était et vit qu'il se trouvait encerclé par une myriade de petits êtres argentés, qui traversaient très vite l'obscurité à quelques centimètres de son visage. Il se souvint alors qu'il était dans la cabine d'un transatlantique, navigant entre les îles grecques, et il s'assit, confus, son corps nu appuyé contre la large vitre du hublot, en attendant que son rêve se dissipe. Ce qui n'arriva pas. *Ce sont peut-être des oiseaux*, pensa-t-il. Mais ce ne pouvait pas être des oiseaux. Pas en pleine nuit. Pas comme ces flèches pointées sur le cœur du temps, lisses et brillantes, avec de grands yeux couleur de lune. C'étaient des poissons. Des milliers et des milliers de poissons volants.

À l'instant où Daniel se réveille sur la terrasse, il rêve des poissons volants. Moira dort, la tête posée sur sa poitrine. Un corbeau – peut-être le même qui leur avait rendu visite avant le dîner – se promène sur la corde qui soutient la moustiquaire. Ils se regardent comme deux espions qui, sans s'être jamais vus auparavant, se reconnaissent tout de suite au milieu de la foule. "Je sais ce que tu es", disent les yeux moqueurs du corbeau.

Daniel pense à l'après-midi où il a rencontré Moira. Il avait voulu la voir, au Cap, parce qu'il voulait voir son travail de plasticienne. À l'époque, Moira se consacrait à mettre en scène et à photographier ses propres rêves. Ils parlèrent de Luanda, où Moira avait vécu adolescente, alors qu'elle accompagnait son père, engagé comme directeur par une entreprise angolaise de construction civile. Contrairement à Daniel, elle gardait un bon souvenir de la ville.

– On dansait beaucoup, lui dit-elle. Je n'ai jamais autant dansé qu'à cette époque-là.

Ils se découvrirent des amis communs. Peut-être s'étaient-ils rencontrés dans l'appartement de l'un de ces amis, dans une *funjada* du samedi, sans qu'aucun des deux ne remarque l'autre. Dans le virage du siècle, à dix-sept ans, Moira était partie à Londres étudier la photographie. L'année suivante, elle avait déménagé à Rio de Janeiro. À peu près à la même époque Daniel, quittait l'Angola pour le Brésil, fatigué de perdre ses batailles. Ils arrivèrent à la conclusion que, pendant cette période carioca, ils avaient dû se trouver très près l'un de l'autre, au cours de diverses occasions : à une fête de carnaval, dans l'appartement de l'artiste plasticienne Adriana Varejão ; à un concert de Gilberto Gil ; au lancement d'un roman d'Uli ; à l'avant-première d'un film d'Andrucha Waddington ; à un hommage au poète et cinéaste mozambicain Ruy Guerra. Plus tard, en octobre 2005, Daniel se rendit dans l'île de Mozambique, appelée aussi Muhipiti, pour un voyage de recherche concernant l'un de ses romans. Moira était là, en vacances, installée dans le seul hôtel qui fonctionnait alors : le Muhipiti.

– Tu connais la blague du mec pris dans une crue terrible, qui monte sur le toit de sa maison dans l'attente que Dieu vienne à son aide ? demanda Daniel à Moira, l'après-midi où il fit sa connaissance. Moira ne connaissait pas la blague. Bon, c'est un type très dévot.

Il se réfugie sur la terrasse de son toit, tandis que l'eau monte, il s'agenouille et prie Dieu pour que celui-ci le sorte de là. Un pêcheur arrive dans un canot et l'invite à y monter. "Merci beaucoup", remercie l'homme, "ce n'est pas la peine, le Seigneur va venir me sauver". L'eau continue de monter. Deux heures plus tard, le bateau des pompiers passe. Ils montent sur la terrasse et essaient de l'emmener, mais il se débat et les chasse : "Non ! J'ai confiance dans le Seigneur. Il va venir me sauver." Finalement, alors que l'eau commence à inonder la terrasse, un hélicoptère militaire survole la maison. L'homme, pourtant, s'obstine à rester là, dans l'attente de l'aide de Dieu, et il meurt noyé. À peine se trouve-t-il devant le Créateur qu'il proteste : "J'ai toujours eu confiance en vous, et vous n'avez pas été capable de me sauver !" Dieu se fâche : "Je t'ai envoyé un canot, je t'ai envoyé un bateau, je t'ai envoyé un hélicoptère, et tu as tout refusé ? Je ne supporte pas les imbéciles !"

Moira rit :

– Pourquoi tu penses à cette histoire ?

– Parce que pendant des années, moi aussi j'ai demandé à ma défunte grand-mère, qui est celle qui me protège, qui m'oriente et que je prie, de m'envoyer la femme de ma vie, et j'ai toujours pensé qu'elle faisait la sourde oreille. Il semble que tout ce temps-là, finalement, c'est moi qui étais aveugle.

Moira trouva que la drague était insolente et arrogante. D'un autre côté, elle se sentit flattée. Au Brésil, une de ses amies lui avait prêté le premier roman de Daniel, qu'elle n'avait pas aimé. "C'est emmerdant et prétentieux", avait-elle dit en rendant le livre. Au bout de quelques années, alors qu'elle vivait au Cap, elle l'avait relu et il lui avait paru différent. Elle avait ri toute seule. Elle avait pleuré, bouleversée, en se rendant compte que la narratrice du roman c'était elle, dans un passé qu'elle n'avait jamais habité. Elle avait ainsi découvert que personne ne lit le même livre deux fois. Un peu plus tard, elle se rendrait compte que personne ne lit les mêmes livres – en lisant les mêmes livres. Donc, ce que dit Moira, après le malentendu initial, fut :

– Parle-moi un peu plus de ta grand-mère.

Quatre mois après, ils vivaient ensemble à Lisbonne. Moira ne supportait pas l'hiver. Elle détestait les manteaux, les écharpes, les bottes, tout cet habillement qui entravait ses mouvements. Elle avait vécu trop longtemps loin de l'Afrique, ce qui pour elle englobait les années passées au Cap. "Ce n'est pas vraiment une ville africaine", essaya-t-elle d'expliquer à Daniel, "c'est une Europe exilée".

Elle voulait recommencer à se sentir elle-même, c'est-à-dire à rire fort dans les lieux publics, sans craindre qu'on la regarde bizarrement, à s'enrouler de pagnes et laisser dessous ses seins en liberté ; à nager dans les eaux tièdes de l'océan Indien.

Elle rêvait du pays de son père. Elle n'avait connu l'île qu'à la fin de la guerre. La première fois qu'elle avait traversé l'étroit pont long de trois kilomètres, elle sentit qu'elle était de là. Entre-temps, son père avait récupéré la vieille et grande maison de famille, et elle s'était dit que, si elle n'était pas née là – elle était née à Maputo –, elle pourrait au moins essayer de renaître. Ce processus de renaissance supposait qu'elle donne le jour à un enfant îlien.

Pour Daniel, sa connaissance de l'île avait débuté à travers la poésie de Camões, Alberto de Lacerda, Rui Knopfli, Luís Carlos Patraquim, Nelson Saúte et tant d'autres, tous exaltant la tradition historique de métissage de cette petite ville où, pendant des siècles, s'étaient enracinés Arabes, Swahilis, Makuas, Portugais et Indiens ; les uns musulmans, les autres animistes ; les uns hindous, les autres chrétiens ; et encore, le radieux mélange de tous.

Au cours de cette première visite en 2005, l'écrivain angolais y retrouva une partie de sa propre enfance, au fond des grands jardins parfumés, où poussent bananiers et papayers, ou dans la lente et lourde somnolence des après-midi. Il lui passa par la tête l'idée d'acheter une ruine. Ainsi lorsque Moira lui suggéra qu'ils partent vivre sur l'île, il accepta avec enthousiasme.

Muhipiti est depuis des siècles partagée en son milieu, entre la ville de pierres et la ville de *macuti*, nom que l'on donne aux larges feuilles de palmier dont on se sert pour recouvrir les toits des maisons en pisé. La ville de pierres et de chaux – où se trouvent les grandes maisons coloniales, les plus importantes églises, le Tribunal, l'imposant et bel hôpital São João de Deus et la forteresse de São Sebastião – fut construite grâce au corail volé à l'autre partie de l'île.

Ainsi, la moitié de l'île où vivent les pauvres est encaissée dans une sorte de vaste trou. Aujourd'hui, l'impression que donne une telle division est encore plus désagréable, parce que toutes les vieilles maisons de pisé et de *macuti*, qui, bien qu'humbles, témoignaient d'une certaine noblesse et élégance, ont été remplacées par des baraques en parpaings, aux toits de zinc, sur lesquels ont poussé comme des champignons métalliques des centaines d'antennes paraboliques.

Daniel s'assied dans le lit. Ce qui réveille Moira.

– À quoi penses-tu ?

– À la mort.

– À la mort ?

Il se tourne vers elle.

– Imagine que tu amènes un bébé éléphant sur la terrasse…

Moira rit.

– Pourquoi diable est-ce que je devrais amener un éléphant sur la terrasse ?

– Si tu as été capable d'apporter un lit, tu es capable d'apporter n'importe quoi, alors fais un petit effort et imagine que tu amènes un éléphant.

– Ok. Voilà, je vois un éléphant sur la terrasse…

– Bien. Les premiers mois l'animal est petit, il court partout. Et puis il grandit. Il peut à peine se déplacer. À la fin, il ne bouge plus. D'accord ?

– D'accord !

– Je crois que c'est ce qui arrive avec le temps, quand on le garde en nous. Les années se multiplient et finissent par tout occuper. Alors, le temps s'arrête. Tu regardes en toi et tu revois les innombrables moments, tous immobiles, chaque instant de ta vie absolument statique, et tu recommences à sentir la joie ou la tristesse que tu as vécues lorsqu'ils se sont produits. À ce stade, quand le temps arrête de grandir en nous, c'est cela qu'on appelle la mort.

Moira se recouche. Elle bâille.

– Pour l'amour de Dieu ! Philosopher à cette heure-ci, non !

Elle se rendort tout de suite. Le corbeau saute de la corde sur le sol. Il tente quelques petits sauts autour du lit. Il s'éloigne et se retourne, comme s'il voulait que Daniel le suive. L'écrivain écarte la moustiquaire. Il se lève et part, nu, derrière l'oiseau. Celui-ci saute dans la cour voisine et tourne la tête vers lui comme en le mettant au défi. L'homme le suit. Son beau-père lui avait raconté que, soixante-dix ans auparavant, lui et d'autres gamins avaient l'habitude de traverser la ville de pierres d'un bout à l'autre, en courant le long des murs et des terrasses. Dans certains quartiers, là où la plupart des maisons avaient été restaurées, c'était redevenu possible. Le corbeau saute sur une troisième terrasse, puis sur une quatrième. Celle-ci donne sur un petit patio intérieur en ruine, rempli jusqu'au sommet d'opulents bananiers.

Dans un coin il y a un banc en béton. Jude y est assis, à côté d'un homme grand et maigre, un pagne noué à la taille et le visage peint de blanc. Daniel le reconnaît : Baltazar, le vagabond de l'île, qui aime se promener la nuit, habillé comme une femme makua. Son visage, nez fin, yeux en amande, regard lointain, toujours protégé par du *mussiro* – une pâte blanche qu'on obtient par la macération d'une racine, et dont les femmes makuas enduisent leur visage pour protéger et embellir leur peau –, fait penser à celui d'un fantôme distrait. D'aucuns le craignent. La plupart l'ignore.

Les deux hommes, Jude et Baltazar, se taisent, ne se regardent pas, mais Daniel a l'impression qu'ils soutiennent une intense conversation. Alors Baltazar lève les yeux et Daniel voit en eux le même éclat (le même clair de lune) qu'il a vu dans les yeux des corbeaux. Effrayé, il recule, trébuche sur ses propres pieds et manque de tomber. Et tandis qu'il retourne chez lui en courant comme un enfant par-dessus les siècles et les terrasses, il entend, distinctement, le rire moqueur de Jude d'Souza.

TROISIÈME JOUR

"Michele a quitté ce monde étrange un peu avant moi. Cela ne signifie rien. Les gens comme nous, qui croient à la physique, savent que la distinction entre passé, présent et futur n'est rien de plus qu'une persistante et obstinée illusion."

Albert Einstein, dans une lettre à la sœur de Michele Besso lors de la mort de celui-ci, le 15 mars 1955. Einstein mourrait un mois plus tard

1

"Elle se regarda, angoissée, dans le miroir. Le monde avait rétréci. Elle, en revanche, était énorme, cherchant avec difficulté à s'équilibrer sur ses pattes arrière, tandis que celles de devant s'appuyaient sur un mur. Les pattes du milieu lui manquaient cruellement. En plus, sans le dur exosquelette de chitine elle se sentait fragile, exposée, terrorisée par la possibilité que quelqu'un puisse, à n'importe quel moment, surgir et l'écraser. Elle ouvrit la porte et sortit dans le couloir. Elle ne vit personne, ni comme elle était avant, ni comme elle était maintenant. Elle longea le couloir, passa une porte et entra dans le hall. Il y avait un homme assis à une petite table. Il se leva en la voyant, et la femme crut qu'il allait se mettre à crier, s'avancer vers elle et essayer de l'écraser. L'homme, cependant, se borna à sourire en lui demandant :

– Vous vous sentez bien, madame ?

Donc, elle était une dame. Elle était l'une d'eux. Et elle se sentait bien. Elle se sentait même très bien. Elle se redressa et sortit dans la rue."

Ofélia Eastermann enlève ses lunettes, lève les yeux et explique qu'elle vient de lire un fragment du premier chapitre de l'édition portugaise du roman *La Femme qui fut une blatte.* Elle lirait ensuite encore deux extraits, l'un du sixième et l'autre du neuvième chapitre, en espérant que ceux-ci éveillent la curiosité du public. Ceux qui souhaiteraient acquérir des exemplaires du livre peuvent se diriger vers la table installée à côté du bar. Elle remet ses lunettes et reprend sa lecture...

Au sixième chapitre la femme qui fut une blatte expose sa perplexité face aux différentes et discordantes convictions religieuses de l'humanité : "Ils se tuent les uns les autres, ou se laissent mourir, de la façon la plus cruelle, au nom d'êtres fabuleux, totalement étrangers au destin des créatures qui les vénèrent. [...] Elle ne voyait d'autre vertu aux hommes que celle de produire de bonnes ordures. [...] Ils cherchent Dieu comme les blattes cherchent les ordures, mais les quelques rares qui le trouvent (s'ils le trouvent vraiment) ne peuvent en jouir."

Finalement, la femme qui fut une blatte rencontre un homme, Max, avec lequel elle s'identifie, quelqu'un qui éprouve la même horreur de l'humanité qu'elle. Tous les deux parcourent plusieurs pays, à la recherche d'un endroit où ils pourraient vivre l'utopie d'un retour au monde des insectes synanthropiques. Au neuvième chapitre, ils se promènent dans les rues d'un petit village de pêcheurs, sur la côte orientale du Mexique, quand une vieille Indienne s'approche d'eux, dévisage la femme et la reconnaît. "*La cucaracha!*" dit-elle. Dans sa voix il n'y a ni crainte ni répugnance. Au contraire, c'est une heureuse déclaration. "Nous t'attendons depuis si longtemps!" "Le lendemain matin, le couple se réveille sur la plage, dans la lumière inaugurale d'un ciel immaculé. La mer descend doucement entre un labyrinthe de rochers. La brise apporte une bonne odeur d'algues pourries."

Suivent quelques applaudissements mous, hésitants.

– Je crois qu'ils n'ont pas aimé, murmure Júlio à l'oreille de Daniel. Ça leur fait peur.

Sur la scène, assise à côté d'Uli Lima, Cornelia Oluokun éblouit la salle des vibrantes flammes d'une robe en dentelle rouge, qui, sur son corps, semble une insulte à toutes les femmes moins élégantes. Assise sur la troisième chaise, la médiatrice, la journaliste brésilienne Jussara Rabelo, n'arrive pas à détacher son regard subjugué du visage de Cornelia. La première question qu'elle adresse à la Nigériane n'est pas très originale:

– L'exil a-t-il modifié la façon dont vous écrivez?

Cornelia est née à Lagos, mais elle vit depuis son adolescence à New York. Elle revient chaque année au Nigeria pour voir sa famille et ses amis et aussi, ajoute-t-elle avec un sourire radieux, pour "manger le soleil en tranches et écouter parler les gens". Si elle n'avait pas quitté son pays natal, peut-être ne serait-elle pas écrivaine. Elle a commencé à écrire comme une manière de résistance contre l'oubli et la dénationalisation, parce qu'elle avait peur de ne plus être nigériane, et elle a continué parce qu'elle a découvert le plaisir simple de raconter des histoires et parce que écrire est devenu une partie de son identité. Aujourd'hui, elle ne se sent pas étrangère à New York. Elle se sent une New-Yorkaise qui, par hasard, est aussi une Nigériane, et elle ne voit là aucun conflit.

– Pouvons-nous penser à votre livre comme un hommage à Kafka et à toute la grande littérature occidentale ?

– Vous pouvez penser ce que vous voulez, répond Cornelia exaspérée. N'importe quel roman, s'il est assez bon, est un hommage aux dizaines ou centaines qui l'ont précédé. Dans ma bibliothèque, comme dans la vie, je ne classe pas les livres selon la nationalité des auteurs. Je ne demande pas aux gens d'où ils viennent. Ce que je veux savoir c'est qui ils sont. Alors je leur demande ce qu'ils aiment lire.

– C'est pourtant un classement possible, celui de la bibliothèque, insiste Jussara. Comment organisez-vous la vôtre ?

– Selon la couleur des tranches. Rouge, orange, jaune, vert, bleu...

Le public rit. L'écrivaine perçoit l'embarras de la journaliste et s'excuse en souriant. Elle pointe le doigt sur Uli Lima.

– Vous ne posez pas de question à notre écrivain ?

Jussara est décontenancée.

– Oui, dit-elle, bien sûr que oui. Elle consulte un petit carnet et entre enfin dans le cœur du débat. Nous avons écouté, tout à l'heure, des extraits de votre nouveau roman *A Cidade afogada*, La Ville noyée, qui semble comporter beaucoup d'éléments autobiographiques, et de la trilogie *O conclave dos crocodilos*, Le Conclave des crocodiles, un roman historique, dans lequel vous proposez un regard africain sur la colonisation portugaise, en même temps que vous vous efforcez de comprendre le point de vue des Européens. Qu'est-ce qui est le plus difficile pour un écrivain : s'exposer, ou essayer de voir le monde à travers le regard des autres, éventuellement le regard de l'ennemi ?

Uli Lima salue le public. Il raconte une blague, évoque un conte traditionnel makua, et en un rien de temps fait la conquête de l'assistance. La modératrice soupçonne qu'il n'a pas répondu à la question, mais perçoit que cela n'a pas d'importance. Le reste de la séance se poursuit dans les rires, les écrivains s'échangeant des histoires censées illustrer les différents points de vue. Cornelia se lance même dans un chant, une ancienne berceuse yoruba, apprise avec sa grand-mère maternelle. Jussara Rabelo, qui est pour la première fois en Afrique, continent où sont nés ses ancêtres, ne résiste pas à l'émotion, et quitte la scène en larmes. Le public se lève et applaudit.

2

Posé sur la tête de Luis de Camões, le corbeau observe la petite place. C'est son territoire. Il est né là il y a quinze ans, dans les ruines d'une très grande demeure, où, à l'époque de la colonisation, se trouvait un entrepôt de tissus, propriété de commerçants indiens. Le bâtiment a été construit au début du XIXe siècle sur les ruines d'une ancienne mosquée, par le poète brésilien Tomás António Gonzaga, déporté sur la côte orientale de l'Afrique parce qu'il s'était élevé contre la domination de la couronne portugaise sur le Minas Gerais. Le poète fut heureux à Muhipiti. Il épousa la fille d'un riche marchand d'esclaves, une jeune femme gaie, gracieuse, qui méprisait la poésie et la politique. Ils eurent deux enfants. Les Mozambicains sont nombreux, aujourd'hui, à s'enorgueillir de posséder le patronyme du poète brésilien. Une légion de mulâtres.

Le corbeau ne connaît rien de l'Histoire. Il est né dans des décombres. Il a grandi en déchirant des papiers d'emballage, des livres de comptabilité, des photos en noir et blanc des trois générations de Alibay Jamal. Un matin en picorant les gros murs, il a trouvé des pièces de monnaie en argent. Il ne leur a pas accordé d'importance. Plus tard, il a assisté à la rénovation du bâtiment. Révolté, il a attaqué le maître d'œuvre, ce qui a eu comme conséquence la mort par empoisonnement de ses trois petits. De temps en temps, le vieux corbeau peut encore s'envoler jusqu'aux tuiles les plus hautes, et alors, en fermant les yeux, il sent son petit cœur se serrer d'angoisse.

À présent il est occupé à chier sur la tête de Luis de Camões, les yeux à demi fermés de plaisir. Il entend derrière lui une toux sèche. Il tourne la tête et voit un vieil homme, très grand, très solide, qui tourne autour du piédestal avec une énergie peu commune pour son âge. Le vieux appuie ses deux mains sur la plaque de marbre où l'on peut lire le nom de l'auteur des *Lusiades.* Il regarde vers le haut et aperçoit le corbeau.

– Ah poète, tu n'as pas de chance, si ridiculement représenté ici et servant de chiottes à ces fils de pute de corbeaux.

Même en ignorant ce qu'est un fils de pute, le corbeau se doute d'après le ton de la voix qu'il ne s'agit pas d'un compliment, et en lançant un coassement furieux, il s'élance vers les branches guenilleuses d'un casuarina qui s'élève à quelques mètres de là et du haut duquel il continue à épier la place. Le vieux s'assied sur l'un des bancs de béton posé sur le rempart qui protège l'île de la mer, il allonge les jambes, sort un livre d'un sac à dos en cuir, l'ouvre et se met à lire.

Une jeune femme s'approche. Elle porte un jean déchiré aux genoux et un tee-shirt noir où l'on peut lire en lettres blanches "Nous sommes les petites-filles des sorcières que vous n'avez pas réussi à brûler". Ses cheveux coiffés en petites tresses brillent comme s'ils avaient été cirés. Elle s'arrête devant le banc, et examine le vieux. Celui-ci lève les yeux et sourit.

– Vous voulez quelque chose ?

– J'ai l'impression que je vous connais.

– Nous nous sommes sûrement déjà vus quelque part. L'île est petite.

– Non. Je vous connais d'ailleurs. Vous êtes angolais ?

– Vous n'avez pas entendu ce que Cornelia a dit ce matin ?

La jeune femme rit.

– Bien sûr. Que lisez-vous ?

Le vieux montre la couverture du livre *Ghana Must Go*, de Taiye Selasi.

– La bonne question, selon Cornelia, serait plutôt : qu'aimez-vous lire ?

La jeune femme s'assied à côté de lui.

– Très bien, je suis impressionnée. Alors dites-moi : en dehors de la littérature africaine écrite par des femmes, quels thèmes vous attirent ?

– Histoire des mentalités, étymologie, ornithologie, cartographie ancienne, poésie. J'ai toujours beaucoup lu de fiction, mais dernièrement je m'intéresse particulièrement aux écrivains morts : Machado de Assis, Eça de Queirós, Clarice Lispector, García Márquez, Borges, Cortázar, Nabokov, Kapuściński. En ce qui concerne la poésie, je suis enthousiasmé par ce qui est le plus vivant. J'ai lu vos livres, petite Luzia Valente. Je peux vous dire petite ? Et vous dire tu, je peux ? Dans le premier, tu étais encore à la recherche d'une voix à toi. On remarque d'autres présences dans ces vers, et pas toutes bonnes. Quelques-unes, sincèrement, mériteraient la consolation de l'oubli. Les livres suivants, j'avoue, m'ont surpris. Ils m'ont rendu heureux.

Luzia le regarde, intriguée.

– Ornithologie ?

– Oui…

– Cartographie ?

– Oui…

– Même avec des cartes de villes imaginaires ?

– Oui, j'aime beaucoup.

– Vous écrivez ?

– Parfois. Quand j'oublie qui je suis.

– Vous avez publié un livre sur un homme qui dessinait des cartes d'endroits inexistants. À mesure qu'il les dessinait, ces endroits se mettaient à exister. Des oiseaux y naissaient.

– Tu dois me confondre avec un autre écrivain.

– Vous êtes Pedro Calunga Nzagi ?

– Qui ?

Luzia s'agenouille sur l'asphalte.

– Maître ! Je ne sais pas quoi dire…

Le vieux lui prend la main, la force à se rasseoir sur le banc. Luzia l'enlace. Elle pleure.

– Lire vos livres a été comme vivre un tremblement de terre.

Le géant sourit, un peu gêné.

– S'il te plaît, dis-moi tu.

La jeune femme essuie ses larmes sur son tee-shirt.

– Enfant, et plus tard quand j'ai commencé à m'intéresser à la poésie, personne ne parlait de vous. Les gens cachaient vos livres. Votre nom était interdit.

– Des mesures très justes, convenons-en. Mais s'il te plaît, dis-moi tu.

– Ne riez pas. Ce n'est pas drôle. J'ai découvert un de vos livres par hasard, caché derrière d'autres livres, dans le garage. J'avais dix-sept ans. Je l'ai lu sur place, le cœur battant. Je l'ai emporté avec moi. Je me rappelle très bien, samedi, fin d'après-midi. Mon père dans le salon, regardant un match de foot. Je suis arrivée en criant, en agitant le livre, comme quelqu'un qui aurait été témoin d'un miracle. Alors il s'est levé du canapé, il m'a pris le livre, en a arraché les pages une à une et les a déchirées. En dansant comme un possédé, tout en piétinant les pages tombées au sol. Vous me croyez ?

Le vieux se lève. Il se tourne vers la mer, en s'appuyant contre le mur de ses fortes mains. Il sait très bien qui est le père de la jeune poétesse. Il peut imaginer la scène. Il se souvient de la première fois qu'il a vu Camilo Valente. Le futur ministre de l'Intérieur ne devait pas avoir plus de dix-huit ans et on devinait déjà en lui les futures vertus et les solides déformations de son caractère qui se consolideraient plus tard, en faisant l'un des principaux piliers du parti. Camilo utilisa trois ou quatre de ses qualités innées – détermination, courage, discipline – au service de certaines failles morales, en particulier une ambition démesurée. Les hommes entièrement dépourvus de qualités deviennent rarement un danger : ils sont juste inutiles. Les dangereux sont ceux qui se servent de certaines qualités pour renforcer leurs mauvais penchants. Camilo se distingua, à l'époque de la lutte clandestine, comme un bon militant, qui accomplissait sans hésiter les missions les plus dures. Après l'indépendance, il révéla un talent presque magique pour naviguer dans les eaux périlleuses de la révolution, en réussissant à se maintenir toujours du côté de ceux qui devraient vaincre. Il reçut, grâce à cette puissante intuition, le surnom de Kimbanda, ce qui, au début, l'agaçait beaucoup, mais qu'avec le temps il finirait par accepter et assumer.

Le vieux se tourne vers Luzia.

– Merci, dit-il. Merci pour tes livres et pour ta joie. As-tu déjà vu la mangrove, ici sur l'île ? Je suis toujours émerveillé par la beauté qui émerge de la boue, la vie qui s'organise à partir de la mort.

Le corbeau qui avait assisté à toute la scène en sautant de branche en branche sur le casuarina ne peut pas savoir s'il s'agit d'une rencontre ou de retrouvailles.

3

Assise dans la baignoire, l'eau ruisselant sur son corps nu, Cornelia pleure. Elle ne sait pas vraiment pourquoi elle pleure. Elle est revenue seule à l'hôtel, dès la fin du débat. Elle a essayé de téléphoner chez elle. Il lui fallait entendre la voix de Pierre. Le téléphone était toujours muet et Internet était mort. Elle se sent seule. Elle avait accepté de participer à ce festival à cause de l'insistance de son agente. : "C'est un événement africain", lui avait rappelé Muriel, "il y en a si peu. Ta présence serait importante pour eux. En plus, cela te donnera peut-être des idées pour un nouveau roman".

Cornelia avait fait la connaissance de Pierre Mpanzu Kanda à Paraty, au Brésil, au cours d'un festival littéraire. Quand on lui dit qu'elle allait partager la table ronde avec un écrivain congolais, elle s'emporta : "C'est la table des Nègres ?" Ce qui déstabilisa les organisateurs, mais absolument pas, absolument pas, ils avaient décidé de les placer ensemble au vu de leur parcours similaire : elle, nigériane et américaine ; lui, congolais et français. Ils sauraient parler de la multiplicité des identités. Elle accepta, quoiqu'encore un peu sceptique. Contre toute expectative, elle s'amusa énormément pendant le débat, elle rit, s'émut. Le public applaudit debout pendant cinq longues minutes. Ils passèrent deux heures à signer des autographes. Après quoi, Pierre l'invita à prendre un verre, dans l'un des nombreux bars de la petite ville historique. À ce moment-là, elle était déjà tombée amoureuse. Le Congolais avait tout d'un surfeur : grand, les épaules puissantes, la mâchoire carrée, un air sain, des gestes sûrs, tranquilles, et un détachement quant aux urgences de la vie de qui est en vacances de la vie. Ce ne fut pas une histoire d'amour facile, parce que Pierre était marié à une éditrice française, ce qui se prolongea encore deux ans avant qu'il divorce et qu'il déménage avec ses livres, ses chemises en soie et ses costumes faits sur mesure, de Paris à New York.

Dans la baignoire, Cornelia pense à la conversation qu'elle a eue la veille avec Jude. C'est peut-être vrai, elle est peut-être morte et peut-être se trouve-t-elle maintenant en enfer – car quel autre nom peut-on donner à cette maudite île ? Un endroit étriqué, fermé, brutal, loin de tout ce qu'elle aime : son mari, ses livres, la musique, le théâtre, les musées et les galeries, les bons restaurants, les fêtes qu'elle donne dans son appartement, les rues pleines de monde, à New York, Londres, Paris ou Lagos ; les dîners avec des personnalités du monde des arts et de la politique ; les thés avec ses amies pour diriger les médisances.

Qu'a-t-elle fait pour mériter cet enfer ?

Puis elle pense à son nouveau roman. Tout le monde lui met la pression : Muriel, les éditeurs, les journalistes, les critiques littéraires, les amis, et même Pierre. Dans un élan idiot, elle avait dit à un journaliste qu'elle était en train d'écrire sur la renaissance de l'Afrique – un grand, un énorme roman, qui racontait l'histoire d'une famille nigériane, depuis le milieu du XIXe siècle jusqu'à 2050. "Votre roman avance ?" voulut savoir le journaliste. Oui, répondit-elle, elle avait déjà écrit près de trois cents pages.

Tout ça parce que ce matin-là, en feuilletant quelques livres qu'elle avait achetés à Paris, chez un bouquiniste, elle avait trouvé une carte postale datant de 1900, montrant trois garçons sénégalais très élégamment habillés, avec cette légende : "*Thiès – trois élégances masculines**". De retour à la maison, son mari l'avait prise dans ses bras : "Un nouveau roman ? Et tu ne m'as rien dit ? On va fêter ça." Cornelia n'avait pas eu le courage de lui dire la vérité, pas même quand ce soir-là il l'emmena dîner dans son restaurant éthiopien favori et qu'il la noya sous les questions. Elle s'enferma chez elle pour écrire. Elle se concentra sur l'image de son grand-père, un vieux monsieur qu'elle avait à peine connu mais dont elle avait hérité une canne en fer avec les insignes d'Oxum. Elle savait que si elle arrivait à créer le patriarche de la famille, elle pourrait gérer tous les autres personnages, avec leurs drames intimes, leurs aspirations, leurs peurs et leurs vices, et le roman commencerait à se faire. Pourtant, au bout d'un mois, elle n'avait pas écrit plus de trente pages faiblardes. Le patriarche était une ombre furtive, étendu sur son lit de mort, sans nom, sans force, sans un passé qui justifierait le devenir de toute une grande et prospère famille.

Elle abandonna l'évanescent patriarche sur sa triste couche, et se mit à écrire un autre roman sur une jeune prostituée nigériane, maîtresse d'un politique corrompu et violent. Lola, la prostituée, celle-là oui, grandissait rapidement. Cornelia en était à la page cinquante-cinq quand le *Times Literary Supplement* publia une brève sur son prochain roman : "Une ambitieuse saga familiale, écrite avec la vigueur et l'ironie auxquelles Oluokun nous a habitués, mais encore plus novatrice : la seconde décolonisation de l'Afrique." Pierre arriva à la maison en brandissant le journal, entra sans frapper dans le bureau

* En français dans le texte. (*NdT*)

– Cornelia avait fixé à la porte une pancarte : “Ne pas déranger : génie produisant des idées” – et s’écria, tout en l’arrachant de son siège dans une empoignade euphorique : “Comment va cette grande saga familiale ?”

À peine était-il sorti, Cornelia téléphona à Muriel : “Qu’est-ce que tu as fait ?” L’agente s’attendait à ce coup de téléphone. Elle se confondit en excuses. La journaliste avait été très insistante. De plus, les éditeurs, qui avaient déjà payé des avances considérables, voulaient des nouvelles du nouveau roman. Elle leur avait jeté quelques cacahuètes. Leur avait dit qu’elle avait lu les premières trois cents pages, qui l’avaient beaucoup impressionnée. Elle raconta la même chose à la journaliste du *Times Literary Supplement.* “Ce n’est pas mauvais pour toi, bien au contraire”, lui assura-t-elle. “L’article est sorti aujourd’hui et j’ai déjà reçu deux appels téléphoniques de maisons d’édition qui souhaiteraient publier le roman, une japonaise et une indienne. La seule chose que tu as à faire, c’est écrire. Écris, chérie, écris, ce livre va être un immense succès.”

Cornelia n’arrive pas à écrire le roman qu’on attend d’elle. Et elle est là, dans le fond du cul de l’enfer, cuisant à petit feu, tandis qu’autour d’elle les gens rient et bavardent sur les petits contretemps de la vie, en ignorant joyeusement qu’ils sont morts.

4

Uli Lima, assis au bord de la piscine, les pieds dans l’eau, suit des yeux l’avancée pénible d’une petite barque, chargée de filets et de pêcheurs, qui passe en rasant le quai. Daniel raconte qu’il a vu Jude, la nuit dernière, en compagnie de Baltazar mais que son ami l’avait ignoré. Il fait une réflexion sur le désespoir des pêcheurs. Il s’inquiète de les voir partir au combat sur cette mer si agitée. Moira, étendue sur une chaise longue, pense la même chose. Depuis que la tempête a éclaté, les pêcheurs évitent les eaux plus profondes. Ils sont nerveux. Ils disent qu'ils n'ont jamais rien vécu de pareil, l'île isolée au centre d'un anneau de nuages, les poissons qui fuient des filets. Et les voix.

– Quelles voix ? s'étonne Uli.

– Tu ne sais pas ? Les pêcheurs parlent de voix qui émergent de la mer dès qu'ils pénètrent dans la zone des orages. Ils craignent d'aller plus loin, non par peur du vent ou de la pluie, mais parce qu'ils sont terrifiés par ces voix. Ce qu'ils entendent d'abord, c'est une sorte de souffle, puis des murmures, des paroles nettes, enfin des cris. Et cela, au fur et à mesure que les embarcations avancent. Et ce n'est pas tout. Le commandant Juvêncio, le chef de la police, qui a essayé de traverser le pont, raconte une histoire semblable.

– Lui aussi a entendu des voix ? doute Daniel

– Il dit qu'il a entendu. À environ trois cents mètres, après que le pont s'enfonce dans le brouillard et qu'il commence à pleuvoir. À partir de là une clameur enfle, des gens qui parlent dans différentes langues. Vous ne connaissez pas Juvêncio. C'est un homme très fort, courageux, qui a été militaire et témoin des pires horreurs pendant la guerre. Et malgré cela, il n'a pas eu le courage de continuer la route, ni de se pencher au-dessus des flots. Il est retourné en courant sur l'île.

Daniel n'aime pas les mythes, les croyances, les superstitions et les affabulations populaires. D'après lui, le processus d'enchantement du quotidien, porté non seulement par des paysans et des pêcheurs des zones rurales, mais aussi par beaucoup d'habitants éduqués des grandes villes, comme Maputo ou Luanda, est en train de ruiner la crédibilité de la fiction africaine moderne.

– Un type écrit sur la réalité et il y a toujours quelqu'un pour l'accuser de pratiquer un réalisme magique dépassé.

– Toute réalité est magique, dit Uli. Voir la physique quantique. J'ai toujours pensé à ce chat mort mais à la fois vivant. Ou au temps qui rétrécit pendant que je cours. Tout cela ne tient pas du réalisme magique ?

Daniel repense à Jude. Lui aussi a trouvé bizarre cette rencontre avec l'écrivain nigérian en pleine nuit bavardant télépathiquement avec Baltazar.

– Et puis Luzia dit qu'il l'a importunée…

– Luzia n'a pas dit ça, corrige Uli. Elle dit que Jude s'est montré désagréablement entreprenant.

– J'ai parlé à Jude, dit Moira. Il m'a juré qu'à cette heure-là, il se trouvait dans sa chambre, en lisant un roman d'Uli. Il m'a dit qu'il allait voir Luzia pour tirer cette histoire au clair.

Daniel plonge dans la piscine. Il fait trois brasses et revient près des deux autres.

– L'acteur, comment s'appelle-t-il ?

– Gito ? Moira ne cache pas son indignation. Tu es en train de dire que Gito Bitonga se fait passer pour Jude ?

– Je n'affirme rien. Je sais seulement que Gito réussit à se confondre avec Jude. Il a pu se faire passer pour lui juste pour plaisanter. Ou alors il se met dans la peau de Jude pour attirer l'attention des filles.

– Ne sois pas idiot ! D'ailleurs Gito est gay.

– Il est gay ?!

– Il est le président d'Amar, une association qui se bat pour les droits des homosexuels dans la communauté musulmane.

– Il est musulman ? demande Uli.

– Lui, je ne sais pas, mais son mari l'est.

Daniel sort de l'eau et s'allonge sur le bord de la piscine. Le ciel est d'un bleu pur – alors que l'horizon est toujours aussi noir, déchiré de temps en temps par l'éclat brusque des éclairs – et resplendit comme une immense feuille de papier de soie bleu foncé. Il ferme les yeux. Il voit, navigant dans sa rétine, de minuscules silhouettes roses. Il pense qu'il aimerait mourir comme ça, dans mille ans, dans trois mille ans, fatigué de tout, couché sur le sol généreux de l'Afrique.

Il est réveillé par la voix de Luzia qui arrive en courant, très excitée.

– Vous n'allez pas me croire ! Mais le vieux, vous vous souvenez du vieil Angolais ? C'est Pedro Calunga Nzagi !

Daniel se lève, suivi par Moira et Uli. Ils entourent la jeune femme et lui demandent :

– Pourquoi tu dis ça ?

– Je lui ai parlé.

– Et il a confirmé ?

– Non, ça non. Mais j'ai deviné que c'était lui. Il a les mêmes intérêts.

– Les mêmes intérêts ? Comment ça ?

– On a commencé à bavarder. Et tout d'un coup, j'ai trouvé que tout s'accordait.

– Il arrive qu'on voie ce que l'on a envie de voir, dit Daniel. Ce type est sympathique. On a envie de l'aimer.

– C'est lui ! Luzia s'assied sur le rebord, face à la mer. Je suis sûre que c'est lui.

Uli s'assied à côté d'elle. Il lui tend la main.

– Vous savez que je n'ai jamais connu mon père. Il est parti, il a disparu quand j'avais trois ans. C'était un médecin allemand. Ma mère pense qu'il est retourné en Allemagne. Un jour, à Berlin, j'ai suivi un vieux monsieur, très respectable, pendant toute une matinée, en me disant que c'était peut-être mon père. Sans Nzagi, je n'existerais pas en tant qu'écrivain. Ou plutôt, je n'existerais pas, parce que, en fin de compte, je suis écrivain. J'ai commencé à écrire grâce à lui. Moi aussi, j'aimerais le rencontrer. Je crois que Daniel a raison. Nous voyons ce que nous voulons voir.

5

L'éclat de l'océan Indien illumine la chambre. Assise sur son lit, Luzia se dit que si la marée montait un peu plus, l'eau arriverait jusque-là, et scintillerait à ses pieds. Elle aimerait sortir pour aller courir, peut-être nager, mais d'abord elle doit choisir les poèmes qu'elle lira le lendemain. Il y a deux ans, elle a publié un roman en vers intitulé *Dona Epifânia não quer casar,* Dona Epifânia ne veut pas se marier, l'histoire d'une femme chauffeur de taxi, la dona Epifânia du titre, qui voyage de Luanda à Huambo, à travers le plateau central d'Angola, pour remettre un bébé nouveau-né à son père. On lui a demandé de sélectionner quelques vers de ce livre. En le relisant elle trouve des petites coquilles qui l'affligent. Elle avait vingt et un ans lorsqu'elle a publié ce premier recueil. Suivi de trois autres, en plus du roman. On pourrait supposer qu'elle est habituée à l'inévitable possibilité d'erreurs, que ni elle ni les correcteurs n'arrivent à déceler et à corriger. Ce n'est pas le cas. Au fur et à mesure qu'elle prend de l'âge, elle est de plus en plus exigeante envers elle-même comme envers les autres ; de moins en moins tolérante envers ses défauts et envers ceux des autres. “Je finirai vieillissime à trente-cinq ans”, murmure-t-elle, parce que, pour elle, vieillir signifie ressembler à son père, un homme que sa meilleure amie Irene a décrit un jour comme “une machine avec un cœur de pierre”.

Quelqu'un frappe à sa porte. Luzia se lève, enfile le peignoir de l'hôtel et ouvre. Devant elle se trouve Jude, qui lui paraît plus petit (“trop petit pour un écrivain si important”, c'est ce qui lui passe par la tête) et semble visiblement consterné.

– Excuse-moi, dit-il en portugais. On m'a dit que tu étais fâchée contre moi.

La jeune femme est étonnée de l'entendre parler en portugais. Le voir là, si minuscule, si gêné, s'appliquant à communiquer dans sa langue, l'émeut. Elle veut l'inviter à entrer. Elle hésite :

– Je ne suis pas fâchée. C'est juste bizarre, ce qui s'est passé.

– Ce n'était pas moi. – Sa voix est ferme.

Là il va me dire qu'il avait bu, pense Luzia. C'est ce que faisait Kiami. Il l'engueulait en public, presque toujours par jalousie. Le lendemain matin, il téléphonait pour s'excuser : "Ce n'était pas moi. C'est le vin qui parlait."

– Que veux-tu dire par "ce n'était pas moi" ?

Jude continue en anglais.

– Ce n'était pas moi. À cette heure-là, j'étais dans ma chambre, au Terraço das Quitandas, et je lisais.

Luzia se décide :

– Tu veux qu'on aille manger un morceau ? Le restaurant est juste à côté de la terrasse. Attends-moi là-bas. Je descends dans cinq minutes.

Jude est d'accord. Luzia ferme la porte, enlève le peignoir, enfile un bikini jaune qui met en valeur le noir luisant de sa peau, noue une *capulana* autour de sa poitrine, met de l'ordre dans ses petites tresses et descend retrouver le Nigérian. Celui-ci l'attend, assis à moins d'un mètre de l'eau. Il se lève en la voyant arriver.

– Elle est très belle ta *capulana*.

Luzia trouve aussi. C'est Moira qui la lui a offerte, avec les couleurs du drapeau de l'Angola, rouge, noir et jaune, en lui racontant qu'elle l'avait achetée aux petits-enfants d'une vieille dame tombée en disgrâce, mais qui avait été riche et puissante à l'époque coloniale. Après la mort de leur grand-mère, les petits-enfants avaient trouvé cinq malles remplies de *capulanas* anciennes, symbole du statut de la dame de son vivant. Jude écoute attentivement les mots de la jeune poétesse. Il lui montre une série de photos de *capulanas* qu'il a prises ces derniers jours et il lui demande l'autorisation de photographier la sienne. Luzia dénoue le pagne et le pose sur la table.

Jude prend plusieurs photos, en évitant de regarder son corps. La jeune femme s'amuse de sa délicatesse, cette presque timidité, qui ne coïncide en rien avec la scène de la nuit précédente.

– Je te crois, dit-elle.

Jude pose son appareil photo sur la table et lève les yeux sur elle.

– Tu me crois ?

– Oui. Mais si ce n'était pas toi, qui était-ce ?

– Il me ressemblait à ce point ?

– Je ne sais plus. Il y avait peu de lumière. Et en y pensant, peut-être était-il plus grand que toi.

– Presque tous les hommes sont plus grands que moi.

Merde ! pense Luzia. *Qu'est-ce que j'ai dit ?!*

– Non, non. Tu as une taille normale.

Jude sourit, amusé de son embarras. Il lui raconte que pendant des années, il a porté des chaussures avec des semelles très épaisses. Il les faisait faire sur mesure, par un vieux cordonnier de Lagos qui réussissait très habilement à dissimuler l'épaisseur des semelles. Au cours des conférences, quand les organisateurs lui demandaient s'il préférait parler debout, derrière un pupitre, ou assis, il choisissait toujours la deuxième option. Il préférait également être photographié assis. Il mit des années à vaincre son complexe.

– Tu n'es pas si petit, dit Luzia. Sérieusement.

– Tu as raison. J'ai connu deux ou trois nains qui étaient plus petits que moi.

Luzia rit. Et lui donne une petite tape sur l'épaule.

– Je crois que c'est moi qui te dois des excuses. J'aurais dû me rendre compte que ce n'était pas toi.

– Et cet autre homme, tu l'as appelé par mon nom ?

– Je ne me rappelle pas. Je ne crois pas.

– Ça ne pourrait pas être l'acteur, ce Bitonga ?

Luzia réfléchit. Cette éventualité ne lui était pas venue à l'esprit.

– Peut-être. Vous ne vous ressemblez pas, mais il est vrai qu'il imite très bien ta façon de parler, ton accent, et même ta façon de te tenir. Oui, ça pourrait être lui.

– Ou alors, je suis Bitonga. L'autre, celui qui t'a importunée, c'est lui Jude d'Souza.

Ils rient tous les deux. Mais de retour dans sa chambre, allongée sur le lit, Luzia pense à la plaisanterie et ne la trouve pas si drôle. Elle cherche le roman de Jude, dans l'édition portugaise qu'elle a achetée il y a des mois, au cours d'un séjour à Lisbonne. Sur la quatrième de couverture, il y a une photo de lui. Il est assis sur un fauteuil, le menton appuyé sur son poing droit, et il regarde l'appareil, serein et concentré comme un champion d'échecs. La jeune femme ouvre le livre et commence à lire. Le soir tombe doucement pendant qu'elle lit.

6

Daniel et Uli sont dans le jardin, assis à l'ombre du grand citronnier, ils boivent un thé glacé et parlent de cette étrange tempête qui s'est installée sur le continent, de ces voix qui émergent de la mer, du manque énorme d'Internet, quand Moira arrive, tenant son ventre – en sueur et essoufflée. L'Angolais se lève d'un bond.

– Tu as perdu les eaux ?

Moira s'assied sur une chaise longue. Elle brasse l'air de son éventail, tout en essayant de reprendre son souffle.

– Les eaux ? Je t'ai déjà dit, le bébé ne naîtra pas maintenant.

– Alors ?

– Venez avec moi.

– Où ?

– Au commissariat.

– Au commissariat ? Pour quoi faire ?

Moira se trouvait dans l'église de Santo António, elle travaillait, quand un policier est arrivé en apportant un message du commandant Juvêncio. Une femme avait traversé le pont à pied. Les gardes s'en étaient étonnés, car depuis que la tempête avait éclaté personne n'était entré dans l'île ni n'en était sorti, si bien qu'ils avaient jugé bon de la retenir et d'appeler la police. La femme semblait défoncée ou ivre, elle parlait une langue que personne ne comprenait. Peut-être s'agissait-il – s'était dit le commissaire – d'une invitée du festival.

– Vous attendez une autre écrivaine? demande Uli.

– Oui, confirme Moira. Une romancière du Sénégal, Fatou Diome. Et aussi deux hommes disparus, Breytenbach et Gonçalo Tavares.

– C'est peut-être la Sénégalaise, dit Daniel. Mais comment a-t-elle pu arriver jusqu'ici toute seule?

7

Deux petits garçons. L'un des deux porte un très gros poisson sur la tête. L'autre étend le bras, montrant du doigt quelque chose qui se trouve hors du cadre de la photo, et il barre, dans ce geste, le visage du premier. Ofélia, assise sur une banquette dans la salle principale de la galerie d'art de l'hôtel Villa Sands, étudie l'image. *Il y a quelque chose que nous ne voyons pas*, pense-t-elle, *comme nous ne voyons pas les yeux du premier enfant.* Ce qui nous attire dans la photo ce n'est pas ce qu'elle montre, mais ce qu'elle occulte:

1) Ce que montre l'enfant.

2) Le regard aveugle de l'autre enfant.

Luzia s'assied à côté d'elle.

– J'étais sûre de te trouver là, dit-elle.

Ofélia ne l'a pas entendue arriver. Elle la regarde avec une pointe d'agacement, parce qu'elle déteste qu'on l'interrompt quand elle est seule, livrée à ses pensées et rêveries. Dès que ses yeux se posent sur ceux de la jeune femme elle comprend que quelque chose ne va pas. Elle la prend dans ses bras.

– Qu'est-ce qui se passe, mon petit ?

– J'ai peur.

– Pourquoi ?

Luzia fait un geste indiquant la porte derrière elle. Si les deux femmes tournaient la tête (elles ne la tournent pas), elles verraient le marché aux poissons, et au deuxième plan, la carcasse rouillée d'un bateau échoué sur la plage. Au fond, l'horizon noir.

– La tempête ? demande Ofélia.

– Oui, la tempête. Et moi, et mes tempêtes intimes. Parfois j'ai peur de ne pas être réelle.

– Tu ne l'es pas, répond Ofélia impassible. Tu n'existes que lorsque je pense à toi.

– Solipsisme.

– Tu vois ? C'est moi qui ai mis ce mot dans ta bouche.

– Non, mais sérieusement. Tu n'as pas l'impression qu'il y a quelque chose qui ne va pas ?

– Presque tout.

– Je veux dire, sur cette île.

– Tu as cette impression, à cause d'Internet. Ou plutôt, parce que nous n'avons plus Internet.

– Qu'est-ce que tu veux dire ?

– Tu es en état de privation d'une réalité virtuelle depuis plusieurs jours. D'ailleurs l'expression "réalité virtuelle" est curieuse…

– Je sais, une contradiction dans les termes.

– Nous passons de plus en plus de temps plongés dans cette réalité irréelle. Et privés d'elle, nous nous inquiétons. Il se passe quelque chose de pareil si nous passons dix heures d'affilée concentrées dans la lecture d'un beau roman. Au moment où à la fin nous posons le livre et nous nous levons, le monde autour de nous nous paraît faux, incohérent et peu solide. N'est-ce pas? Mais ce n'est pas pour cela que tu es venue me trouver.

– Non?

– Je crois que non. Quand une femme vient trouver une autre femme, avec les yeux remplis de sommeil et cette jolie petite tête étonnée, c'est qu'il y a un homme à l'horizon.

– Bêtise. Il n'y a aucun homme.

– Jude, j'imagine.

– Il est venu me voir.

– Dans ta chambre?

– Oui.

– Et alors, vous avez fini au lit?

– Non, non! On est allés prendre un verre.

– Je ne sais pas ce qui t'arrive, mon petit. Parole d'honneur! Moi, à ton âge et avec un si joli petit corps, je ne l'aurais pas laissé s'échapper.

– Je commence à comprendre pourquoi tes livres parlent tellement de sexe.

– Il n'y a pas d'autre thème.

– Il y a beaucoup d'autres thèmes.

– Non. Ce que tu considères comme "d'autres thèmes" ne sont que les dérivations de la proposition primordiale. Ou alors, c'est que tu fuis. Je n'ai jamais été du genre à fuir. Tu sais pourquoi je suis partie dans le maquis?

– Je le sais, tout le monde le sait.

– Et sais-tu quel était mon nom de guerre?

– Non.

– Ngueve, "hippopotame", en umbundo. Pas seulement parce que j'ai eu une sœur jumelle, mais parce que j'aime la bagarre et quand je mords c'est pour tuer. Alors maintenant, dis-moi: qu'est-ce qui t'effraie chez le garçon?

– Je ne sais pas qui il est. Je n'arrive pas à savoir.

– Excellent. Tu fuis les hommes prévisibles. Tu as lu son livre ?

– Je suis en train de le lire. Je le trouve très bon.

– Ça t'excite ?

– Pardon ?

– Son intelligence.

– Je crois.

– Le sexe, mon petit. Le sexe, c'est la réponse. Mets-le dans ton lit le plus vite possible. Tu verras que tu te sentiras mieux, plus réelle et plus accomplie.

8

La femme porte un boubou bleu. Sa tête – couronnée d'un gros turban, de différentes nuances de la même couleur – s'équilibre avec difficulté sur un cou long et mince. Elle marche d'un côté et de l'autre du petit bureau du commandant, sans que son regard ne s'attarde sur personne.

– Vous savez qui c'est ? demande Juvêncio.

Moira n'a jamais vu de photo de Fatou Diome. Elle ne peut pas assurer que c'est elle. Elle se plante devant la femme.

– Fatou ? Fatou Diome ?

La femme ne répond pas. Elle se met à marcher plus vite, se cognant presque contre les murs, tout en agitant ses bras maigres, jetant au hasard des mots brusques et mystérieux. Moira lui parle en français, puis en anglais. Rien.

– Elle vient de l'autre côte, assure Daniel. Elle est peut-être sénégalaise, oui. Ou nigériane, ou malienne.

– Les gens sont inquiets, dit Juvêncio en caressant son ventre imposant. Ils pensent que c'est une suce-sang.

Daniel le regarde, ahuri.

– Une suce-sang ?

– Une entité nocturne, explique Juvêncio. Des esprits ancestraux, qui attaquent les gens dans la nuit. Ils leur boivent le sang. Bref, des vampires.

– Mais personne d'autre n'a traversé le pont ? demande Moira. Elle était seule ?

Juvêncio confirme. La femme a traversé le pont à pied ; devant un banc de corbeaux, émergeant de la tempête les vêtements secs et son haut turban élégamment noué sur sa tête, tel un quartier lumineux qui aurait été volé au ciel bleu de l'île. Uli raconte qu'ici même, à Muhipiti, il y a quelque vingt ans, on l'avait pris lui aussi pour un suce-sang. Il était arrivé avec une équipe de cinq biologistes, dont trois étaient anglais, à une époque où la population traversait de terribles difficultés. La rumeur selon laquelle il y avait dans le groupe un suce-sang s'était répandue très vite, alimentée par la mort récente de deux enfants, victimes du choléra. Le commissaire de police, un type maigre et couard, du nom de Malan, leur avait alors conseillé de quitter l'île, avant que les esprits ne s'échauffent davantage. Ils avaient prestement chargé leurs bagages dans deux voitures et étaient partis, précédés de Malan pédalant sur un vélo décrépit. À l'entrée du pont il y avait une petite foule armée de machettes, de bâtons et de pierres. "Je ne peux rien faire", s'excusa Malan, s'éloignant en rapides coups de pédales. Uli sortit de la voiture et affronta le groupe. "C'est quoi le problème ?" Un vieil homme, une machette dans chaque main, s'avança de deux pas timides : "On dit que vous êtes des suce-sang." Uli inspira profondément. Et cria : "Oui ! Nous sommes des suce-sang, nous tous !" La foule trembla. Une femme éclata en hurlements terrifiés. Une autre se mit à pleurer. Uli s'écria de nouveau : "Nous sommes des suce-sang mais nous n'avons pas l'intention de rester ici plus longtemps. Le sang des Makuas est dégueulasse, il a goût de pisse. Le sang des Machanganas, ça oui, il est sucré. Il est bon. Laissez-nous sortir et nous ne reviendrons plus jamais."

Juvêncio écoute le récit avec un sourire amusé.

– Et vous en êtes sortis, bien sûr, sinon vous ne seriez pas là, monsieur l'écrivain.

– Ils se sont écartés et nous avons pu sortir, conclut Uli. Le problème c'était l'odeur. Parce que l'un des Anglais, sous le coup de la peur, s'était chié dessus.

Les rires du groupe effraient la femme. Pour la première fois elle semble se rendre compte qu'elle n'est pas seule. Elle regarde Daniel l'air étonnée, collant son nez sur son visage, comme si elle le reniflait, secouant la tête, gémissant et se tordant les mains. Puis elle s'accroupit dans un coin de la pièce, et reste immobile, les yeux fermés. L'écrivain angolais va s'asseoir, inquiet.

– C'est quoi ça ?

Moira l'embrasse sur le front.

– Calme-toi, mon amour. Cette femme ne va évidemment pas bien.

Juvêncio se gratte la tête.

– Je ne sais pas quoi faire avec elle. Je ne peux pas la laisser dans cet état, et qui plus est, elle n'a pas de papiers d'identité. Elle a l'air d'une étrangère en situation irrégulière.

– Et puis il y a cette rumeur contre elle, dit Uli. Le mieux c'est de la garder ici. Il n'y a pas un médecin qui pourrait la voir ?

– Nous n'avons qu'un médecin sur l'île, et il est parti la semaine dernière.

– Il faudrait la faire examiner par un psychiatre, dit Moira. Il n'y a pas de psychiatre ici. Peut-être à Nampula ou à Nacala. Il faudra attendre la fin de la tempête.

9

Júlio Zivane n'aime pas boire seul, enfermé chez lui ou dans une chambre d'hôtel. Il préfère se soûler dans des espaces ouverts, entouré d'inconnus, qui n'essaieront pas de l'en dissuader car ils ne ressentent pour lui ni compassion ni répulsion, et tout au plus lui diront, comme le fait maintenant le jeune Ezequiel : "Vieux, ce serait peut-être mieux pour vous de retourner à votre hôtel, prendre un bain et vous coucher."

Ezequiel n'est pas le propriétaire du bar Afamado, Réputé, un nom un peu prétentieux pour une affaire qui se résume à une petite baraque en bois, avec un modeste comptoir peint en vert, derrière lequel le garçon se tient, recroquevillé, transpirant beaucoup, tout en distribuant des bières et des sodas plus ou moins frais. Ezequiel a compris que Júlio était un *viente,* un "venu" – comme dans l'île on appelle les visiteurs –, dès qu'il l'a vu arriver au loin et s'arrêter, émerveillé, devant les hauts murs de la forteresse. Son oncle lui avait dit de ne pas importuner les clients avec des questions. Mais le garçon est curieux. Il ne résiste pas :

– Maputo ? a-t-il demandé, en lui tendant la première des nombreuses bières que Zivane boira cette nuit-là.

L'écrivain a posé sur lui un regard agacé.

– Je viens de très loin.

Il venait de Maputo, certainement, à en juger, non pas tellement par son accent, mais par son attitude. Ezequiel ne lui a plus rien demandé. Il l'a regardé s'éloigner avec sa bière dans une main et un livre dans l'autre, et s'asseoir sur un des bancs du jardin. Il a bu avidement cette première bière. Les suivantes, lentement, en appréciant la fraîche brise nocturne. Chaque fois qu'il retournait au bar pour y chercher une nouvelle bière, Zivane se déplaçait plus lentement, tricotant sur le sable des petits pas hésitants, comme si l'air gagnait peu à peu de l'épaisseur, au fur et à mesure que le jour déclinait.

Il commence à mettre plus de temps à marcher jusqu'ici qu'à avaler sa bière, pense Ezequiel. Calmement, sans élever la voix, il suggère à l'écrivain de retourner à son hôtel. L'homme pose le livre et la bouteille sur le comptoir, y appuie les coudes, ferme les yeux et demeure un long moment en silence, comme si le commentaire d'Ezequiel demandait une profonde et grave réflexion.

– Vous avez parfaitement raison, dit-il enfin. Je vous souhaite une bonne nuit.

Il tourne les talons et s'éloigne. Il se prépare à traverser le jardin qui paraît à cette heure-ci plus vaste et plus sombre que la nuit elle-même, lorsqu'il aperçoit un vieil homme misérable, au dos droit, assis sur le banc qu'il occupait juste avant. Zivane se frotte les yeux, dans lesquels se mêlent l'incrédulité et la terreur.

– Putain ! J'ai trop bu !

Le vieux lève la tête, lui lançant un regard chargé de désapprobation.

– Vous me décevez, dit-il en tapotant le banc du plat de la main. Asseyez-vous !

Júlio Zivane s'assied le plus loin possible du vieux. Il baisse les yeux, il n'ose pas l'affronter.

– Ce n'est pas possible…

– Vous n'avez pas honte ?

L'écrivain essaie de se relever ; mais le vieux lui saisit le bras, avec une force inattendue.

– Je vous ai dit de vous asseoir !

– Que voulez-vous de moi ?

– De la dignité ! Ayez un peu de dignité, pour l'amour de Dieu ! Ne salissez pas le noble nom de nos ancêtres.

Zivane sent qu'il est sur le point de tomber, comme les étoiles tombent dans les trous noirs, d'abord la lumière, puis la matière et le temps. Il dégage son bras violemment, se lève et s'enfuit en courant, trébuchant sur les racines des banians centenaires, il pleure, il gémit, tandis que le passé le poursuit à grands cris.

Ezequiel le regarde s'éloigner dans la nuit. Il hoche la tête avec un sourire moqueur – "Ivrognes !" –, et c'est alors qu'il remarque le livre que le "venu" a oublié sur le petit comptoir. Il le prend. Le titre l'intrigue : *Dona Epifânia ne veut pas se marier,* de Luzia Valente. Il s'assied et commence à lire.

10

Daniel rêve de Baltazar. Le vagabond est assis sur le sable de la plage, un petit coffre en ébène à ses pieds. Il ouvre le coffre et en retire une pleine main de petites pierres transparentes. "Qu'est-ce que c'est ?" veut savoir Daniel. L'autre entrouvre ses lèvres, peintes de bleu foncé, dans un sourire mauvais : "Des cristaux du temps. Avale-les. Tu verras les siècles comme si c'étaient des jours. Les millénaires dansant autour de toi, très distinctement, chaque instant arrêté, te regardant comme on regarde une photo." Et en disant cela, il met une des pierres dans la bouche de Daniel. "Avale-la !" ordonne-t-il.

– Que t'arrive-t-il, mon amour ? Moira le regarde, inquiète. Tu pleurais.

Daniel se souvient de Baltazar et des cristaux du temps. Mais à peine commence-t-il à raconter son rêve que celui-ci s'effondre, comme un palais en ruine dans le désert, si bien qu'il ne se souvient de rien de ce qui est arrivé après avoir avalé le cristal, aucune image, pas le moindre dialogue. Il ne reste qu'une immense douleur, qui l'étouffe et lui serre le cœur.

– Je me sens très angoissé, avoue-t-il à sa femme. Je ne sais pas pourquoi.

– C'est peut-être à cause de l'accouchement.

– Non, sérieusement, je ne suis pas du tout inquiet pour ton accouchement. Tout va bien se passer.

Il est inquiet. Mais il lui semble inutile, et même cruel, de l'exposer à ses peurs. Il essaie de contrôler son anxiété en se disant que tous les jours des bébés naissent dans des conditions bien moins faciles, et dans la plupart des cas, ils débarquent tout heureux dans notre monde. Et puis, son angoisse n'a pas de lien avec l'accouchement. Elle vient d'ailleurs, d'un endroit plus sombre et plus profond.

QUATRIÈME JOUR

"La réalité est un sous-produit accidentel de la fiction."

Uli Lima, dans un entretien avec
le journal *El País*, le 28 février 2019,
quelques jours avant le début de la fin

1

Luzia se réveille couchée sur le côté, avec la sensation qu'il y a quelqu'un allongé, immobile, derrière elle. Cela arrive fréquemment, et pourtant elle s'affole à chaque fois. Il est un peu plus d'une heure du matin. La jeune femme se lève, ouvre la porte qui donne sur la terrasse et sort. L'air chaud et humide se colle à son corps comme un peignoir de soie. Il y a un homme assis sur le ponton, face à la mer – mais il n'y a pas de mer. L'eau semble avoir reculé presque jusqu'à l'horizon. Les silhouettes des barques enterrées dans le sable se dressent à la rencontre de la Voie lactée. Elle pense qu'elle pourrait vivre pour toujours dans cette île. Elle s'imagine pendant un court instant vieillir à l'une des tables du café Âncora de Ouro, en regardant les enfants qui jouent dehors devenir des vieux, et donc elle décide que non, il vaut mieux continuer de vivre à Luanda, nourrie de l'énergie bruyante de la grande ville, pleurant parfois, mais riant le plus souvent, même quand tout semble perdu.

Elle enfile une petite robe courte et légère, imprimée de fleurs de strélitzias, elle sort de la chambre et descend jusqu'au ponton, certaine d'avoir reconnu l'homme assis, qui regarde l'horizon.

– C'est toi ?

Jude se retourne vers elle, souriant.

– Qui ?

– Jude d'Souza. L'original.

– Je ne sais pas. Comment je peux savoir ?

– Que fais-tu là ?

– Je n'arrivais pas à dormir. Je suis venu en marchant sur la plage depuis mon hôtel. La marée est basse.

Luzia s'assied à côté de lui.

– J'ai besoin d'être sûre que c'est bien toi. De quoi avons-nous parlé cet après-midi ?

– Hier après-midi. La dernière fois que j'ai regardé ma montre il était minuit passé.

– C'est vrai. Hier après-midi.

– Je t'ai livré mon secret le mieux gardé…

– Secret ? Quel secret ?

– Je suis un nain.

Luzia rit. Elle veut l'embrasser. Mais elle craint de l'embarrasser. Après tout, Jude est presque anglais et elle sait que les Européens, à part les Italiens du Sud, n'aiment pas les manifestations d'affection trop exubérantes. Elle montre un coin du ciel totalement noir.

– Je n'y connais rien en astronomie, mais j'ai remarqué, il y a trois nuits, qu'il n'y a aucune étoile à cet endroit-là. Tu ne trouves pas cela bizarre ?

Jude plonge les yeux dans cette obscurité singulière. Il observait la nuit depuis plus d'une demi-heure et il n'avait rien vu. Il n'était pas expert en observation d'étoiles.

– Tu as raison, dit-il. C'est comme s'il y avait un objet très grand et très dense dans l'espace, qui arrêterait la lumière.

– Je regrette de ne pas avoir étudié l'astronomie. Nous sommes comme deux analphabètes dans une bibliothèque. Nous avons un livre ouvert devant nous et nous ne savons pas lire.

– Si tu veux, je peux inventer.

– Alors invente.

– Cette constellation. Tu la vois ? Celle qui ressemble à la tête d'une grue couronnée ? Ou alors à un strélitzia ? Elle s'appelle “La Poétesse”.

– Vraiment ? Pourquoi ?

– Je vais te raconter l'histoire. Il était une fois une poétesse qui aimait les strélitzias. Elle voulait connaître le langage des plantes, mais pour cela, il lui manquait certains organes. Il lui manquait des sens. Alors elle décida de s'enterrer dans le sol, jusqu'au cou, dans l'espoir qu'elle pourrait ainsi développer des racines.

– Elles se sont développées ?

– Non. Elle a juste attrapé une mycose. Après quoi, elle s'allongea sur le sol, se disant que peut-être de cette façon il lui pousserait des feuilles.

– Elle a eu des feuilles ?

– Non. Seulement un coup de soleil. Mais Zeus s'émut de sa détermination, la transforma en strélitzia et la déposa au milieu du ciel.

– J'aime. Comment as-tu deviné ?

– Deviné quoi ?

– Que j'aimerais pouvoir parler avec les plantes.

– Je n'ai pas deviné. J'ai lu ton premier livre, *Brincando com armas de fogo*, Jouant avec les armes à feu.

– C'est vrai, quelle honte !

– Pourquoi quelle honte ?

– J'écris sans savoir ce que j'écris. Je ne relis pas mes livres après leur publication. Plus tard, quand j'entends les commentaires des lecteurs, je me rends compte que je me suis trop exposée. Je suis bien plus nue dans mes livres que lorsque je me déshabille.

Un rire amusé se fait entendre derrière eux, suivi d'une voix reconnaissable entre toutes.

– C'est le cas pour nous tous. Une bibliothèque c'est une plage de nudistes.

Les deux écrivains se retournent, comme des nageurs synchronisés, la même expression de surprise sur le visage. Uli est allongé dans un des transats près de la piscine, vêtu d'un bermuda noir, les cheveux en désordre, ses yeux bleus brillant derrière des petites lunettes aux montures rondes. Luzia se lève et s'approche de lui.

– Je ne t'avais pas vu.

Uli se redresse. Il l'embrasse sur les deux joues. S'excuse. Il était sorti de sa chambre pour prendre un peu d'air frais, s'était couché dans le transat, face à la mer, et s'était endormi. Leurs voix l'avaient réveillé, au moment où Luzia avouait qu'elle se sentait nue chaque fois qu'elle publiait un nouveau livre.

– Tu n'as rien entendu d'autre ? se méfie Luzia.

– J'ai loupé quelque chose d'important ?

– Tu as loupé l'histoire d'une constellation, dit Jude.

– Là, tu as un bon titre pour un prochain roman, *L'Histoire d'une constellation.* Je regrette. Je n'avais pas l'intention de vous gêner. Vraiment pas. Je retourne à mon lit officiel.

– Reste, demande Luzia. Je vous propose un jeu.

– Quel jeu ? veut savoir Uli.

– Je vais l'appeler le "Jeu de la fiction et de la réalité". Chacun de nous va raconter deux petites histoires courtes. L'une vraie, l'autre inventée. Les autres devront deviner laquelle est vraie et laquelle est inventée. Qui commence ?

– Commence toi-même, dit Uli. C'est ton idée.

– Bon. Première histoire. Quand j'avais quinze ans, on a attrapé un intrus chez nous. Mon frère m'a réveillée. Les gardes avaient trouvé un homme dans le jardin. Ils l'ont déshabillé et l'ont attaché sur une chaise, dans le garage, avec une corde en nylon, de celles dont on se sert pour étendre le linge. C'était un petit homme sec, au visage allongé, avec des petits yeux inquiets, qui bougeaient sans arrêt. Je me souviens avoir vu mon père, un bâton à la main. Il lui a demandé : "Tu es venu ici pour me voler ?" L'homme a dit non, mon père l'a frappé très fort sur une jambe et a répété la question. Il a expliqué qu'il était un sorcier, qu'il était en train de survoler la ville, quand il s'était soudainement senti mal et il était tombé. Ils l'ont torturé jusqu'au matin, mais l'homme a persisté à raconter la même histoire. Finalement, ils l'ont laissé partir.

– Ça finit comme ça ? demande Uli.

– Non. Ils l'ont laissé partir parce qu'il s'était mis à vieillir au fil de la nuit. Il vieillissait à vue d'œil. Ils ont eu peur qu'il meure là de vieillesse.

– J'ai bien aimé, dit Jude. La deuxième ?

– La deuxième histoire s'est produite un peu plus tard. À dix-sept ans, je suis tombée amoureuse de mon professeur de mathématiques. Ma meilleure amie, Ruth, qui avait en secret une aventure avec le professeur d'éducation physique, un très beau garçon cubain, a été horrifiée. Le professeur de mathématiques avait plus de quarante ans, il bégayait et portait des chemises blanches rentrées dans son pantalon. Il avait une belle voix et il parlait avec passion non seulement de mathématiques, mais aussi de musique, de cinéma, de littérature et de politique. Il avait fait de la prison plusieurs années auparavant, je n'étais pas encore née, et il appartenait à un petit parti d'opposition. J'ai commencé à lui envoyer des e-mails. D'abord des doutes inventés sur les mathématiques et puis des vraies questions existentielles et des poèmes d'amour. Roberto, il s'appelait Roberto, répondait à toutes les questions et ignorait les poèmes. Un jour, je suis entrée dans son bureau, j'ai arraché mon chemisier et ma jupe, et je l'ai collé au mur. Malheureusement la directrice a ouvert la porte et nous a surpris. Le professeur a été viré. Mon père a menacé de le tuer et le pauvre Roberto a dû s'enfuir au Portugal. Il est revenu des années plus tard et il s'est marié avec Ruth. Ils ont deux enfants.

– Les deux histoires sont vraies, dit Uli. Mais la première est plus vraie que la deuxième.

– Non, non ! l'interrompt Luzia. C'est seulement à la fin, quand nous aurons tous raconté nos histoires, que tu pourras dire ce que tu penses.

– D'accord, dit Uli. Maintenant nous allons écouter Jude.

Jude raconte qu'à l'époque où il était à Lisbonne, à la recherche d'éléments pour son roman, il fut présenté à un ancien officier de l'armée portugaise, fils, petit-fils et arrière-petit-fils de militaires ayant combattu en Afrique. Cet homme l'invita à dîner chez lui, un hôtel particulier décrépit aux alentours de Lisbonne, où il possédait une impressionnante collection d'armes anciennes, de trophées de guerre, de cartes et d'ouvrages sur les anciennes colonies. Ils dînèrent seuls tous les deux, d'un mélancolique ragoût de poisson, accompagné de trois pommes de terre bouillies, servi dans de l'argenterie aux armes de l'illustre famille. Après le dessert – une banane chacun –, l'officier l'invita à visiter sa bibliothèque. Il lui montra, très fièrement, un bocal en verre où baignait, dans le formol, la tête d'un roi africain.

Uli lâche un sifflement.

– Tu mens !

– Fiction ou réalité, tu décideras ça à la fin, rappelle Luzia. Raconte ta deuxième histoire, Jude.

– D'accord. L'autre histoire se passe à Lagos. Ma grand-mère paternelle était une femme puissante, une guerrière qui a élevé seule douze enfants. Elle vivait dans un petit village, dans la forêt de Sambisa, où tout le monde la respectait, bien qu'elle bût beaucoup. Elle but beaucoup toute sa vie. Elle mourut sobre et centenaire. Une nuit, elle devait avoir une soixantaine d'années, elle but plus que d'habitude. Elle se réveilla le lendemain matin avec des douleurs terribles dans la jambe droite. Elle ouvrit les yeux et se trouva nez à nez avec un énorme python. Le python avait avalé sa jambe en entier, jusqu'à l'aine. Il ne pouvait pas aller au-delà, mais il ne pouvait pas non plus reculer, parce que ses crocs recourbés, plantés dans les chairs de la jambe, ne le lui permettaient pas, si bien qu'il était là, se débattant, aussi désespéré que ma grand-mère. Les cris réveillèrent le village. Un de mes oncles arriva avec sa machette et découpa le python. La peau de la jambe de ma grand-mère était dans un très mauvais état et plus jamais elle ne récupéra sa couleur originale. Et à partir de ce jour-là, elle fut connue comme "la femme à la jambe blanche".

Luzia s'assied sur le ponton, se tenant les côtes, riant à gorge déployée. Uli secoue la tête, vaincu.

– Ce type est le roi des menteurs, dit-il en portugais. Ça ne fait aucun doute.

Jude les regarde tous les deux, en se marrant.

– C'est le tour d'Uli. Je veux l'entendre.

– Non, dit Uli. Ça n'en vaut pas la peine.

– Vas-y, demande Luzia. Ne fais pas honte au Mozambique.

L'écrivain mozambicain s'incline. Il s'assied à côté de Luzia. La jeune femme se niche dans ses bras et Uli raconte. Il y a quinze ans, ici même dans l'île, il avait vécu des jours agités, après qu'un pêcheur musulman très dévot, Abdul Abdala Suleimane, plus connu à l'époque sous le nom de Dulinho et aujourd'hui celui de *Voador*, Volant, annonça son intention de faire le pèlerinage à La Mecque par voie céleste, sans prendre ni avion, ni hélicoptère, ni ballon dirigeable, ni aucun des moyens de transport aérien inventé par l'homme. Au début on se moqua de lui. Cela ne le gêna pas. C'est la détermination qui distingue le simple fou du visionnaire. Le pêcheur s'obstina tellement dans la réalisation de son projet, qui requérait seulement une bonne piste de lancement tournée vers La Mecque, que les gens cessèrent de rire et lui vinrent en aide. Le maire obtint les subventions nécessaires à la construction de la piste, deux ou trois donateurs ayant financé l'installation des gradins. Le matin du lancement la ville se réveilla tout endimanchée. Les gens envahirent les rues dans une euphorie festive. Ce qui débuta comme un jour de fierté – bientôt un îlien serait connu dans le monde entier comme le premier homme à voler tel un oiseau jusqu'à La Mecque – finit dans la honte et la désillusion. Dulinho, vêtu d'un beau caftan blanc, tenant dans chaque main une ombrelle jaune, tenta, en sautant, de s'élever dans les airs, une, deux, trois fois, mais on ne peut pas dire qu'il ait volé, ce serait exagéré, il se limita à voleter, comme une poule, s'élevant au maximum à la hauteur des gradins, pour tomber tout de suite, roulant sans gloire sur la piste. La foule, qui l'instant d'avant l'applaudissait, se jeta sur lui. Le maire lui-même donna l'exemple, arrachant un pavé de la chaussée pour le jeter de toutes ses forces sur la tête du malheureux. Ce premier pavé n'atteint pas sa cible, mais d'autres oui, si bien que Dulinho, fort maltraité, se retrouva dans un lit d'hôpital.

Luzia applaudit.

– Génial ! Belle histoire. La suivante, maintenant.

– Oui ! dit Jude. Raconte-nous une autre.

– Je vais vous raconter quelque chose qui m'est arrivé. Vous savez que je me suis toujours intéressé à toutes les formes traditionnelles de divination. J'ai appris à lancer le *tinhlolo* avec une vieille guérisseuse *nguni* que j'ai connue il y a des années et que je continue à voir assez fréquemment. Un jour, alors que je voyageais en Allemagne pour la promotion d'un de mes romans, j'ai fait la bêtise d'avouer cet intérêt, et j'ai même montré mes outils, osselets et coquillages, que j'avais, par hasard, gardés dans mon sac à dos. C'était au cours d'un festival littéraire à Berlin. Il y avait un grand nombre d'auteurs sur place. Mais peu de monde à ma présentation. Quand on m'a installé à une petite table pour les autographes et dédicaces habituels, je me suis rendu compte que la queue était beaucoup, beaucoup, plus longue que ce à quoi on s'attendait et qu'elle n'arrêtait pas de s'allonger. La plupart des gens n'étaient pas là pour un autographe. Ils voulaient une consultation. Avec l'aide de mon traducteur, Herbert Borchmeyer, nous les avons partagés en deux groupes, ceux qui venaient pour la signature, et les autres. J'ai passé trois heures avec ces derniers, et je n'en ai pas vu le tiers. Il y avait de tout. Des malheureux traînant des maladies incurables. Des femmes souffrant les tourments d'amours impossibles. De retour à l'hôtel, mon traducteur m'a demandé si les esprits pouvaient l'aider à retrouver une ancienne amoureuse, disparue depuis sept ans et qui n'avait jamais donné de nouvelles. "La consultation ne permet que de dire la raison pour laquelle telle ou telle chose est arrivée, ou préparer celui qui consulte à ce qui peut advenir", ai-je expliqué. Nous nous sommes assis et j'ai lancé les coquillages. L'amoureuse se trouvait très près de là. Elle arriverait bientôt. Incrédule, mon ami a rigolé. Ce soir-là, pendant que nous dînions au restaurant de l'hôtel, une femme s'est approchée de nous. Elle est restée là debout, sans un mot, les yeux fixés sur Herbert, qui a pâli et s'est levé lentement. Ils se sont embrassés, maladroitement, comme deux étrangers à des obsèques. Et puis ils sont partis, en me laissant tout seul à table. Je n'ai revu Herbert que l'après-midi du lendemain, dans le hall de l'hôtel, alors qu'il attendait le taxi pour l'aéroport. Je n'ai pas osé lui demander ce qui était arrivé.

Uli se tait. Luzia et Jude se regardent, déconcertés.

– C'est comme ça que ton histoire se termine? demande Luzia.

– C'est comme ça. Herbert ne m'a jamais parlé de ce qui s'était passé avec l'amoureuse. Pourquoi elle avait disparu, pourquoi elle était reparue après tant d'années, soudainement, devant nous.

– Si ton histoire était vraie, cela aurait du sens. La vie donne rarement des solutions, dit Jude. Mais tu as peut-être inventé cette fin tordue, juste pour que ton histoire paraisse plus crédible.

– Peut-être, concède Uli. Alors qu'est-ce que vous pariez?

– Je crois que la première histoire de Luzia est réelle. La deuxième, elle l'a inventée. Celles d'Uli sont toutes les deux vraies.

– Moi aussi, je pense que les deux histoires d'Uli sont vraies, dit Luzia. De même que les tiennes. Vous avez triché. Nous avions décidé qu'il y aurait une histoire vraie et l'autre inventée.

– Tu as raison, assume Uli. Nous avons triché, Jude et moi. Mais contrairement à lui, je crois que toi aussi. Je parie que tes deux histoires sont également vraies.

– Sérieusement ? s'étonne Jude.

Luzia éclate de rire.

– Tu as bien deviné. Tout ce que j'ai raconté est réellement arrivé.

Plus tard, de retour dans sa chambre, Uli Lima se dit qu'il n'y a pas mieux que la vie pour ourdir de bonnes histoires. Il se couche dans l'attente du sommeil. Qui n'arrive pas. Alors, il s'assied devant le bureau, ouvre son ordinateur et se met à écrire.

2

C'est Moira qui eut l'idée de conduire la femme sans papiers au Terraço das Quitandas, dans l'espoir que les écrivains nigérians présents puissent communiquer avec elle. Le commandant Juvêncio les accompagna, curieux d'assister au dénouement d'un cas qui commençait à inquiéter la population. Il s'était couché tard, après avoir passé des heures à résoudre de petits conflits, nés des rumeurs qui circulaient depuis le début de la tempête. Deux jours auparavant, après le déjeuner, il avait décidé de traverser le pont à pied, emmenant un petit groupe de policiers et de citoyens, pour prouver que le monde de l'autre côté était toujours le même. Ou plutôt: pour prouver que, de l'autre côté, le monde existait toujours. “Le monde n'est plus. Il ne reste que l'île”, affirmaient une grande partie des habitants, et donnant pour preuve le fait d'être privés de nouvelles du reste du pays et de la planète. Ils parcoururent les premiers cinq cents mètres sans problème. Mais dès qu'ils atteignirent la zone de pluie, le moral du groupe commença à faiblir. "Chef", lui dit son bras droit, un sergent tranquille comme un bœuf, appelé Ali Habib. "Il vaut mieux rebrousser chemin. Le vent souffle trop fort. On va tous s'envoler, comme Abdul Abdala Suleimane." Jûvencio se rappela que le Volant n'était pas arrivé à voler, ne serait-ce que jusqu'à l'île de Goa, et encore moins jusqu'à La Mecque, et tout en se rappelant l'historique échec, ils avancèrent encore de quelques mètres. "Chef, vous n'entendez pas les voix ?" demanda Ali Habib, secondé par le reste de la troupe. Le commandant n'entendait rien d'autre que le hurlement du vent, la colère de la mer, le fracas brutal de la pluie sur l'asphalte. Il se pencha au-dessus du parapet. Il vit les vagues effrayantes, l'écume qui volait, le ciel luttant contre les eaux. Quand il se retourna, ses hommes n'étaient plus là. Le brouillard était si épais que pendant un petit moment il ne sut s'il avançait ou s'il reculait. Il laissa alors le vent le repousser vers l'île.

La femme marche entre Moira et le commandant, sans résistance, mais sans non plus manifester de curiosité ou d'inquiétude quant à son sort. Ils entrent dans l'hôtel, montent l'escalier, parcourent les couloirs et l'enfilade des salons, ornés avec profusion d'œuvres d'art africain, jusqu'à arriver à l'une des vérandas, où ils retrouvent Cornelia et Jude bavardant devant une tasse de thé.

– J'ai pensé que vous deviez être là, dit Moira. Nous avons besoin de votre aide.

Elle les présente au commandant Juvêncio. Elle explique comment cette femme a été trouvée sur le pont, sans papiers d'identité, venant probablement du continent selon l'impression générale. Elle ne parlait ni makua, ni portugais, ni français, ni anglais. D'après la façon dont elle était habillée, on pouvait penser qu'elle venait d'Afrique de l'Ouest.

– Oui, confirme Cornelia, intriguée. Elle a l'air nigériane.

Elle adresse quelques mots en yoruba à la femme. Celle-ci émerge de son apathie, répondant aux questions de l'écrivaine par des phrases sèches, sans jamais la regarder, tournoyant sur elle-même, se tordant les mains et agitant la tête. Jude lui pose aussi quelques questions. L'échange se poursuit encore pendant de longues minutes, chaque fois plus intense, jusqu'au moment où Cornelia se lève, dit quelque chose à Jude et part en courant et en pleurant se réfugier dans sa chambre.

– Qu'est-ce qui s'est passé ? demande Moira.

Jude se lève et applaudit, mais il y a dans son geste plus d'ironie que d'admiration.

– Bravo ! Vous avez fait un travail incroyable. Et quelle actrice extraordinaire. Cornelia a été bluffée, elle est très nerveuse en ce moment. Peut-être faudrait-il que j'aille la calmer.

– Mais qu'est-ce que tu racontes ? lui crie Moira. Quelle actrice ?

C'est alors que la femme s'enfuit dans une course folle, enfile le couloir et descend les escaliers, poursuivie par le commandant qui crie "Attrapez-la ! Attrapez-la !", mais il est évident que personne ne l'attrapera, encore moins le commandant. Moira et Jude se précipitent à la balustrade, à temps pour voir la Nigériane sortir de l'hôtel, à toute vitesse, et disparaître au premier coin de rue.

– Elle n'est pas actrice ? s'étonne Jude.

– Quoi, actrice ! Je ne l'ai jamais vue ! De quoi avez-vous parlé ?

– Vraiment, ce n'est pas une actrice ? Jude s'assied, remplit un verre d'eau et boit. J'ai cru que c'était une actrice.

Juvêncio revient, essoufflé et en nage.

– Vous avez vu la vitesse avec laquelle court cette fille ?

Moira s'assied à côté de Jude, tenant son ventre. Elle a l'impression qu'il va éclater, comme éclatent les barrages sous la pression des eaux après les grandes pluies. Juvêncio s'aperçoit de son malaise, il s'agenouille devant elle.

– Calme-toi ! Respire profondément !

– Je ne veux pas respirer profondément. Je veux savoir ce que c'est que cette histoire. Elle se tourne vers Jude. Qui diable est cette femme ?

– La blatte, dit Jude. La Femme-Blatte.

3

Ils sont au café Âncora d'Ouro. Ils ont rapproché deux tables pour que tous puissent prendre place, Daniel, assis près de Moira, le bras autour de sa taille, tandis qu'elle raconte ce qui s'est passé au Terraço das Quitandas. Uli Lima éclate de rire. Il se reprend, pourtant, en percevant la peur sur le visage de son amie.

– Allez, mon petit ! Ce n'est qu'une plaisanterie.

– Si c'est une plaisanterie, je ne la trouve pas drôle, dit Moira. Mais vraiment pas drôle du tout.

– Je pense, moi aussi, que c'est une plaisanterie, interrompt Jude. Et contrairement à Moira, je trouve que c'est une plaisanterie très marrante, très bien conçue. Mais qui arrive malheureusement à un mauvais moment. Tout le monde est sur les nerfs à cause de la tempête. Et le fait de n'avoir ni Internet ni téléphone commence à tous nous rendre fous.

– Tu as parlé à Cornelia ? demande Moira.

– Oui.

– Et alors ?

– Tu as vu comment elle a réagi. Ça l'a beaucoup perturbée.

– Que vous a dit cette femme ?

– Pour moi, c'était comme si nous étions en train de jouer avec le personnage de Cornelia dans une espèce de pièce en train de s'écrire. Moi, ça m'amusait. Pour Cornelia, qui est très angoissée ces temps-ci, cela a dû être comme s'enfoncer dans les territoires les plus sombres de son âme. Elle n'a pas supporté. Cornelia pense qu'elle est en enfer. Elle m'a dit ça : "Mon frère, nous sommes morts, nous sommes tous en enfer."

Júlio Zivane, qui était resté silencieux, écoutant les autres, tout en buvant seul le contenu d'une bouteille d'un litre et demi d'eau gazeuse, donne un coup de poing sur la table si fort qu'il fait tomber l'un des verres.

– J'ai vu mon père !

– Qu'est-ce que tu racontes ? interrompt Uli, horrifié. Ton père est mort il y a plus de vingt ans.

– Je l'ai vu. J'ai parlé avec lui. Il est vrai que j'avais déjà beaucoup bu, j'étais terriblement bourré, mais je l'ai vu, insiste Zivane. Vous ne comprenez pas. Mon père est mon personnage principal. Luzia, elle, a vu le personnage de Jude. Jude a vu le personnage de Cornelia…

– Ce que tu es en train d'insinuer, c'est que nos personnages sont sur le point d'occuper les rues ? demande Jude, amusé. Je trouve ça merveilleux.

– Ce sont des acteurs, dit Daniel sans conviction. Peut-être une troupe de Maputo.

Moira n'est pas d'accord. Elle connaît tous les gens de théâtre au Mozambique. Elle le saurait, s'il y avait sur l'île une troupe quelconque. Luzia suggère qu'il s'agit peut-être d'un collectif international. À Amsterdam, trois ans auparavant, au cours d'un autre festival littéraire, elle avait fait la connaissance d'un groupe de comédiens catalans qui interpellaient les gens dans la rue, se mettant dans la peau de personnages fameux de la littérature universelle : Miss Marple, Lolita, Humbert Humbert, Leopold Bloom, Lestat, les Trois Mousquetaires, Alice et son Chat. Ofélia intervient pour prendre la défense de Cornelia.

– Elle a raison, dit-elle. Nous sommes morts, extrêmement morts, mais l'île n'est ni le Paradis ni l'Enfer, c'est le Purgatoire. Nous ne sortirons pas d'ici tant que nous ne nous réconcilierons pas les uns avec les autres et surtout avec nos fantasmes.

– J'aime l'idée, dit Zivane. Ce que je préfère dans le fait d'être mort, c'est que je n'ai plus à mourir. En plus, je n'aime pas parler avec mon père. Toutes ces années, je me suis disputé avec lui. Ce que nous avions à nous dire est dit. Nous nous sommes beaucoup engueulés. Nous nous sommes réconciliés un nombre incalculable de fois. Ma mort, je veux la vivre loin de ce salopard.

4

Cornelia ouvre WhatsApp et écrit un message à Pierre : “J'ai peur. Viens me chercher. Je t'aime très fort.” Elle clique sur la flèche bleue, pour envoyer, même si elle sait que le message ne partira pas. Elle s'est réveillée il y a peu et elle en a écrit déjà plus de trente. Des centaines ces derniers jours. Si d'un seul coup Internet devait remarcher, comment Pierre recevrait-il ce torrent de paroles ? Elle imagine le téléphone sonnant sans arrêt, tandis que son mari s'excuse et quitte précipitamment la salle de cours (il a une chaire d'écriture créative). Elle sourit à cette pensée, et passe du sourire aux larmes, parce que cela n'arrivera jamais, Internet ne reviendra jamais, elle ne sortira jamais de cet enfer.

L'hôtel dispose d'un générateur. Lequel n'a cessé de marcher tous ces derniers jours. Malheureusement on ne peut plus trouver de combustible dans l'île, si bien que le gérant a décidé de ne brancher l'appareil qu'entre quinze et dix-neuf heures. La chambre est un four. Malgré les fenêtres grand ouvertes, elle a du mal à respirer. Cornelia sort sur l'immense terrasse, mais elle recule, aveuglée par la brutalité de la réverbération. Il n'y a qu'un soleil dans le ciel, mais mille autres flamboient sans répit sur la vaste surface chaulée. L'enfer est blanc.

Le seul endroit supportable est peut-être la véranda couverte, où l'on sert les repas. Mais Cornelia n'a envie de voir personne, et elle est sûre que tous les autres doivent s'être réfugiés en ce moment dans la véranda, à moitié nus, marinant dans leur sueur, tout en buvant des bières tièdes.

– Maudits morts ! crie-t-elle.

Elle regrette d'avoir crié. Un mort l'aura peut-être entendue, et se sentant offensé cherchera-t-il à entrer dans sa chambre pour lui demander des explications, parce que les imbéciles ne se sont pas encore rendu compte de leur nouvelle condition et qu'ils échangent en ce moment des frivolités comme s'ils étaient vivants et inconscients de leur condamnation éternelle.

Elle pense à la Femme-Blatte. À la publication de son livre aux États-Unis, tous les journalistes sans exception lui posèrent des questions sur Kafka : quelle relation entretenez-vous avec l'œuvre de l'écrivain ? À quel âge l'avez-vous lu pour la première fois ? Kafka est-il populaire au Nigeria ? Cornelia n'a jamais dit la vérité, à savoir que l'idée du personnage n'était pas née de la lecture de *La Métamorphose*. La Femme-Blatte est apparue dans sa vie très tôt. Elle avait été élevée entre deux et six ans par une tante, dans un quartier périphérique de Lagos, alors que sa mère, émigrée à New York, se battait pour survivre, étudiant et travaillant, d'abord comme strip-teaseuse, puis comme cartomancienne, avant d'arriver au terme de ses études et de décrocher un bon emploi dans une banque. Sa tante gagnait un peu d'argent en exerçant le métier de tresseuse à domicile. N'ayant personne à qui la laisser, elle l'enfermait dans la cuisine chaque fois qu'elle devait sortir et ne voulait pas l'emmener avec elle. La porte de la cuisine était percée dans le haut par une petite fenêtre, qui laissait entrer dans la journée une lumière parcimonieuse. Quand la nuit tombait avant le retour de sa tante, la petite Cornelia assistait, terrorisée, à la sarabande des blattes. Elles déboulaient par dizaines, sortant des fentes du plancher et des murs, et envahissaient d'un seul coup la petite pièce, se saluant les unes les autres tels des convives dans une fête, tout en cherchant les restes des rêves et des mets abandonnés par les humains. La petite fille demeurait immobile, incapable de faire le moindre geste, sentant les petites pattes légères parcourir tout son corps. Un soir où sa tante avait mis du temps à revenir à la maison, alors qu'elle avait mal à tous ses muscles (essayez de rester trois heures immobiles), elle entendit une minuscule petite voix, puis une autre, et encore une autre, et se rendit compte, émerveillée, qu'elle arrivait à entendre la conversation des blattes, bien qu'elle fût incapable de comprendre ce qu'elles disaient. Dans les années qui suivirent, non seulement elle apprit à communiquer avec les insectes, mais elle devint très proche de l'un d'eux. Tellement proche, en vérité, qu'elle se mit à l'imaginer comme une petite fille de son âge : Lucy, l'Enfant-Blatte.

Et la voici aujourd'hui, sur une île coupée du monde tandis que l'Enfant-Blatte, devenue grande, est venue la chercher. Mais elles ne sont plus amies.

5

Jude s'installe au dernier rang du parterre. De là il peut observer non seulement la petite scène où sont assises Luzia et Ofélia, mais aussi le reste du public. Il voit, deux rangs devant lui, le vieux qui voulait savoir comment il imaginait l'avenir de l'Afrique. Il a les épaules larges, fermes et droites. Les cheveux très blancs, coupés ras, rajoutent une aura de dignité. Il se retourne – comme s'il réagissait au regard de Jude – et ses yeux vifs, animés par une lueur d'ironie, croisent ceux de l'écrivain. Ils se saluent d'un léger signe de tête.

C'est un journaliste portugais, Pedro Caminha, également poète, qui anime le débat. Il vit à Maputo et connaît bien la production littéraire du continent.

– Nous allons aujourd'hui parler des pièges de l'identité, dit Caminha, réajustant sa chemise trempée de sueur sur son vaste bedon. Les deux poétesses ici présentes, Luzia Valente et Ofélia Eastermann, traitent depuis longtemps dans leurs livres, bien que chacune à sa façon, des questions liées à la formation d'une identité angolaise.

– Pas moi, interrompt Ofélia. J'écris parce que cela m'excite. Je mouille quand j'écris un bon vers. Je n'en ai rien à foutre de l'identité angolaise…

L'assistance rit. Pedro Caminha sourit avec bonhommie. Il est habitué aux provocations.

– J'ai toujours dit que les livres en savent plus long que leurs auteurs, dit-il, et il a alors le public qui rit avec lui. Ofélia aussi. – Bien qu'Ofélia n'en soit pas consciente, sa poésie, qui est centrée sur le corps et le désir, défend une certaine philosophie identitaire. Celle de Luzia défend une autre conception. Ce que je ressens, mais je peux me tromper, corrigez-moi si c'est le cas, c'est que pour vous l'identité individuelle est plus importante que l'identité nationale.

– Sûrement. Je déteste qu'on me présente comme une poétesse angolaise. Je suis Ofélia Eastermann, qui, entre autres nombreux aspects, est poétesse et angolaise. Mon identité ne se limite ni à ma nationalité ni parce qu'elle serait favorisée par d'éventuels accès de création poétique.

– Je ne pense pas de façon très différente, dit Luzia. Mais je crois quand même que ce que j'écris découle du fait que je suis angolaise. J'écris ce que j'écris parce que je suis angolaise. Je peux même aller plus loin : j'écris parce que je suis angolaise.

À la fin de la séance, Jude reste assis, le regard fixé sur Luzia, qui parle de son côté avec un groupe d'étudiants. Il ne remarque pas quand le vieil homme s'assied à côté de lui.

– Elle est très jolie.

Jude, surpris, le regarde.

– Oui, très jolie.

– Vous avez lu *Dona Epifânia ne veut pas se marier* ?

– Oui, je l'ai lu en portugais. Je n'ai peut-être pas tout compris. Mon portugais est très rudimentaire.

Le vieux se lève. Jude l'imite, se sentant encore plus petit que d'habitude.

Il lève les yeux et voit ceux de l'autre, qui brillent d'un regard moqueur (c'est ce qu'il lui semble), mais aussi de tendresse. L'homme lui tend sa grosse pogne et il lui donne la sienne.

– Traitez-la bien, dit le vieux en lui écrasant la main. Nous, les Angolais, nous faisons attention les uns aux autres.

Jude sort dans la lumière. Il a le vertige et se sent confus, peut-être à cause de l'éclat trop vif du soleil ou de la chaleur… ou serait-ce dû à la violente odeur de poisson ? Devant lui se dresse la carcasse rouillée d'une barque, comme les prémices d'un rêve. Il titube. Il s'assied sur le sable sale de la plage. Un gamin s'accroupit à ses côtés et ouvre sa main pour lui montrer une poignée de vieilles pièces usées par le temps et la mer.

– Mille meticais, propose-t-il. Toutes.

Jude ferme les yeux. Quand il les rouvre, il y a un miroir devant lui. Il pense : *Un vendeur de miroirs.* Mais il n'y a aucun vendeur de miroirs. Un type assis devant lui, identique à lui, lui adresse un sourire canaille. Le gamin à côté de lui éclate d'un rire transparent :

– Wouahou ! Des jumeaux !

Le clone se penche vers le visage de Jude. Le Nigérian se lève, court vers la mer et vomit. Il se lave le visage. Vomit à nouveau, secoué de spasmes violents, il a l'impression d'être sur le point de se retourner à l'envers. *J'ai mouillé mes chaussures,* pense-t-il. *Je vais abîmer mes chaussures.* Il s'imagine retourné à l'envers. Il ne pourra pas revenir à Londres s'il est retourné à l'envers, avec ses chaussures abîmées, sa chemise pleine de vomi. La police de la frontière le regardera avec méfiance : "Vous ne ressemblez pas à la photo de votre passeport. Et en plus, vos chaussures..."

Quelqu'un l'enlace par-derrière. Jude essaie de respirer. Il a peur d'ouvrir les yeux. Il entend la voix douce de Luzia.

– Calme-toi ! Je vais te conduire quelque part où il fera plus frais.

Jude se laisse emmener, les yeux fermés, sentant le poids du soleil sur son visage, la chaleur qui monte du sol et l'étreint et menace de l'emporter dans les airs. Et maintenant, en plus de l'envie de vomir, son ventre est en vrac, ses entrailles se tordent, et il sent une impérieuse envie de s'accroupir dans un coin et de déféquer.

6

Uli avait l'intention d'assister au débat entre Luzia et Ofélia à la galerie d'art de l'hôtel Villa Sands, mais en passant devant la bibliothèque il décide d'y entrer, curieux, et finit par louper la séance. Une des employées, qui somnolait allongée sur une natte, le reconnaît. Elle se lève, souriante, "monsieur l'écrivain, soyez le bienvenu", et lui propose son aide. Uli la remercie. Il vient juste jeter un coup d'œil. Il n'y a personne d'autre. Une lumière très douce pénètre à travers l'unique fenêtre, dans la salle principale, jusqu'à se poser sur les vieux livres rangés sur des étagères fatiguées, en éclairant à peine les titres.

L'écrivain s'assied sur un siège, le dos tourné à la fenêtre. Il se sent bien là, dans la "grande paix des livres", comme disait souvent son père, qui avait été lui aussi poète et avec qui il avait appris à aimer les bibliothèques, en particulier les plus démunies.

Uli se lève, s'approche de l'étagère la plus proche et se met à lire les titres. L'un d'eux attire son attention : *Um drama makua – ou um crime contra a natureza,* Un drame makua – ou un crime contre la nature. Il sort l'étroit volume avec soin. Ses pages ne sont pas coupées. Un livre vierge, donc, dans une petite bibliothèque au fonds très usé. Tout cela a quelque chose d'extraordinaire. Il s'assied à l'une des tables, prend un petit canif dans son sac à dos et coupe les premières pages, se sentant comme un explorateur ouvrant son chemin, à coups de machette, à travers une jungle mystérieuse. Son canif doit être aussi vieux que le livre. Il le porte toujours sur lui, depuis qu'il l'a trouvé, par hasard, abandonné sous le lit d'une chambre d'hôtel. Il s'en sert pour éplucher et trancher des fruits. Mais rarement, comme à cet instant, pour couper les pages de vieilles éditions jamais lues auparavant. Il regrette qu'on ne vende plus des livres aux pages fermées non massicotées. Les bibliothèques se sont transformées en boutiques de lecture prêt-à-consommer. Les livres sont des fast-foods. Jadis, la cérémonie de la lecture comprenait le lent rituel du coupage des pages. Aucune maison ayant une bibliothèque, petite ou grande, qui n'eût un coupe-papier. Peu avant sa mort, son père lui en avait offert un, un bijou de famille, avec une lame en argent et un manche en ivoire. Aujourd'hui, pour acheter un coupe-papier de ce genre, il faudrait trouver un bon antiquaire. Il allonge les jambes et commence à lire. Première surprise : l'action du roman se passe dans l'île de Mozambique, en 1943. Deuxième surprise : le personnage principal se nomme Baltazar, comme le vagabond habillé en femme. Uli a une mauvaise mémoire. Mais il se souvient pourtant du nom, parce qu'il est rare et qu'il lui a semblé intéressant pour un de ses personnages.

Il lit sans s'arrêter, respirant à peine, de la première à la dernière page. Il se lève, hésitant. Il montre le livre à la bibliothécaire.

– Je peux l'emporter à mon hôtel ? Je promets de vous le rapporter demain.

La femme acquiesce, avec un grand sourire. Il lui suffit de signer une feuille de papier avec son nom et le numéro d'une pièce d'identité.

Uli calcule qu'à cette heure-ci Daniel doit se trouver au Jardim dos Aloés, où ils avaient prévu de se rendre tous les deux pour manger une glace. Il s'y dirige en marchant vite. C'est alors qu'il aperçoit Baltazar qui traverse la rue, au trot, dans sa direction.

7

Luzia a conduit Jude dans sa chambre. Il est à présent allongé sur le lit, habillé, mais pieds nus. La jeune femme, debout, lui passe une serviette humide sur le front.

– J'ai demandé qu'on t'apporte de l'eau de coco. Ça va te faire du bien.

Jude veut dire quelque chose pour atténuer l'inconfort de se voir ainsi si misérable, si exposé, si désemparé, dans le lit d'une femme. Mais les seuls mots qui lui sortent de la bouche sont de faibles lamentations et des désastreuses demandes d'excuses. Ne parle pas, demande

Luzia, ne dis rien. Elle sourit intérieurement – parce qu'au fond, cela lui plaît bien de l'avoir là désarmé, sale et humain –, sans se rendre compte que ses yeux la trahissent. Jude aperçoit la lueur brève et comprend. Il la prend par sa main droite, l'attire à lui et l'embrasse. C'est un baiser maladroit et amer, mais Luzia réagit avec ardeur, s'asseyant sur le lit, prenant dans ses mains la nuque de Jude, ouvrant ses lèvres et cherchant de sa langue sa langue à lui.

Ils ne vont pas au-delà de ce premier baiser parce que Jude saute du lit et court s'enfermer dans la salle de bains. Luzia ouvre la grande fenêtre qui donne sur le patio, chassant avec une serviette l'air empuanti. Elle voit sur la plage un type qui lui sourit. Elle court à la salle de bains. Elle crie :

– Il est sur la plage, il nous regarde.

– Qui ? Jude essaie de parler d'une voix ferme, alors qu'il agonise, assis sur la cuvette des toilettes. Attends. J'arrive.

Il s'essuie. Remonte son bermuda. Se lave les mains. En ouvrant la porte, il ne voit pas Luzia. Il la trouve sur la terrasse, les yeux tournés vers la plage vide.

– Il était là. Il était là il y a une minute.

Jude la prend dans ses bras.

– Je te crois. Moi aussi je l'ai vu tout à l'heure, près de la barque, quand j'ai commencé à me sentir mal.

– Tu crois que c'était à cause de lui ?

– Non ! Bien sûr que non ! J'ai dû manger quelque chose qui ne passe pas.

– Il faut faire attention avec ce que nous mangeons. Va t'étendre. Je te fais couler un bain chaud.

Jude retourne se coucher. Luzia fait couler l'eau dans la baignoire. Elle y met quelques gouttes d'huile d'eucalyptus. Elle sourit, en agitant l'eau de la main. La température est bonne. Elle sent ses mains. Elles sentent bon. La nuit dernière elle a rêvé de ça, ou plutôt elle a rêvé qu'ils prenaient un bain ensemble, elle et Jude. Dans son rêve, la baignoire était immense. Une pirogue passait sur l'eau pendant que l'homme la caressait.

– Viens ! Le bain est prêt.

Appuyé à la porte, Jude l'observe. Personne n'aurait pu dire qu'il avait dépassé les quarante ans. Même souffrant et abattu, avec des cernes profonds, il avait l'air d'un gamin. Luzia pense que chez certaines personnes les yeux ne vieillissent jamais.

– Que penses-tu qu'il se passe ? lui demande-t-elle.

– Sur l'île ?

– Oui, sur l'île.

– Nous sommes isolés, sans aucune communication et sans électricité, à cause d'une violente tempête...

– Violente et interminable...

– Violente et sans fin, comme une punition. Ou comme une bénédiction, selon la perspective. Moi, j'aime bien être là.

– Avec moi ?

– Oui, avec toi. Mais tout le monde est très nerveux. La plupart des hôtels et des restaurants n'ont pas de générateurs. Ce qui expliquerait que certains des écrivains invités sont tombés malades. Moi-même...

– Tu as raison. Ofélia est malade depuis ce matin...

– C'est bien ce qui est en train d'arriver. Nous sommes nerveux et intoxiqués. Nous avons tendance à nous créer des fantasmes, à imaginer des situations qui n'existent pas...

– Tu y crois ?!

– Je ne crois que ce que je vois. Je crois en toi.

– Qu'allons-nous faire ?

– Moi, je vais prendre mon bain. J'en ai vraiment besoin.

– Je peux prendre le bain avec toi ?

Jude rit.

– On garde ça pour demain ?

Luzia l'embrasse sur la joue.

– Bien sûr. Appelle-moi, si tu as besoin de quelque chose. Ils ont dû apporter l'eau de coco. Tu vas prendre un bon bain, boire l'eau et tu verras comme tu vas te sentir mieux.

8

Un gigantesque badamier s'élève au centre du patio du Jardim dos Aloès, un petit hôtel-boutique, offrant autour de lui une ombre fraîche et constante. Uli ferme les yeux. Il savoure une glace au chocolat. La fraîcheur de l'arbre l'apaise. L'ombre semble dessiner une frontière à l'intérieur de laquelle la réalité demeure intègre et rassurante. Au-delà, la ville disparaît, avec ses personnages sortis d'une fiction, sa collection d'absurdités et d'impossibilités, des gens sonnés délirant sous le soleil.

– Et alors ?! demande Daniel, qui l'a vu arriver quelques minutes auparavant, transpirant et confus, agitant un petit livre à la couverture rouge. Tu vas me dire ce qui t'est arrivé ? C'est quoi ce livre ? Pourquoi nous ne t'avons pas vu à la galerie ?

Uli s'installe dans son siège. Il respire l'air purifié, en se disant combien cette petite ville pourrait être différente si dans toutes ses rues prospéraient de grands arbres comme celui-ci. Il aime le monde des plantes. Il peut parler pendant des heures de l'histoire particulière de chaque espèce, de comment le *Ficus religiosa* doit son nom à Bouddha qui sous son ombre miraculeuse a trouvé la lumière ; ou sur le *Vachellia xanthophloea*, plus connu sous le nom de *fever-tree,* parce que pendant des années on pensait qu'il était à l'origine de la malaria.

– C'est peut-être le soleil, finit-il par dire. La lumière aveugle plus que l'obscurité.

– Que veux-tu dire ?

Uli secoue la tête. Il tient le livre comme si celui-ci était un papillon.

– Baltazar…

– Le fou ?

– Ce livre raconte toute sa vie.

– Vraiment ?

– Oui. Et ce qui est extraordinaire, c'est qu'il a été publié en 1949.

– Alors ce n'est pas notre Baltazar.

– À moins que notre Baltazar soit très bien conservé…

– Donc tu crois que oui, que c'est…

Uli finit sa glace.

– Le livre est intéressant. Bien que ce soit une typique littérature coloniale, avec un regard chargé de préjugés sur le continent. La vérité c'est que l'auteur fait un effort pour donner une voix aux Africains. Baltazar était *mainato*, homme de ménage. Il travaillait chez un riche commerçant portugais, Adebaldo da Costa Cascudo, qui s'était établi ici à la fin du XIXe siècle et enrichi en exportant du sisal, du coprah et du sucre.

– Attends. C'est une histoire vraie ou une fiction ?

– Le livre se présente comme un roman. Il s'inspire peut-être de faits réels que l'auteur a romancés par la suite, je ne sais pas.

– Comment s'appelle l'auteur ?

– Máximo Fortes. Je n'avais jamais entendu ce nom. Il était capitaine de vaisseau dans la Marine marchande. Il quitte ses fonctions après un accident grave, dans lequel il perd un bras, et s'établit au Mozambique comme producteur de thé. C'est tout ce que je sais de lui. Le livre s'ouvre sur une courte biographie de l'auteur.

– Bon. Raconte-moi maintenant l'histoire de Baltazar.

Baltazar était homme de ménage. Il travaillait chez un riche commerçant portugais, balayant, dépoussiérant, lavant le linge, s'occupant du potager et du jardin, aidant à la préparation des repas. Le commerçant avait un fils de quinze ans, Ricardo, un garçon de santé fragile, gâté par sa grand-mère, protégé par sa mère et détesté par son père. Ricardo admirait Baltazar, parce que, contrairement à lui, le *mainato* était toujours de bonne humeur, répondant aux insultes d'Adebaldo par de grands éclats de rire et ne se laissant jamais rabaisser. L'amitié entre les deux garçons agaçait Adebaldo, qui aurait préféré voir son fils jouer au foot ou échanger des coups de poing avec d'autres gamins, plutôt que de le trouver fumant des cigarettes à la sortie du cinéma Imperial, en compagnie de Baltazar, après avoir assisté à une comédie indienne quelconque. Un soir où il surprit Ricardo apprenant à lire à Baltazar, il entra dans une fureur terrible et fouetta les deux garçons à coups de ceinture de cuir. Puis il chassa le *mainato* de la maison. Ce dernier n'en fut pas gêné du tout. Le jour suivant, le propriétaire du cinéma Imperial, un vieux bonhomme originaire de Goa, gros et sympathique, offrit un emploi au garçon, qui consistait à assurer la propreté du cinéma, à accompagner les spectateurs à leurs places respectives et à chasser les resquilleurs. Baltazar était ravi, il pouvait assister à tous les films et, de surcroît, il était mieux payé que chez Adebaldo. Ricardo, lui, devint un grand cinéphile. Et tout cela dura jusqu'à la nuit tragique où Adebaldo, entrant dans la chambre de son fils pour s'entretenir sérieusement avec lui des affaires de la famille, le trouva dans le lit, tout nu, enlacé à Baltazar, et tous les deux si charmés de la compagnie l'un de l'autre qu'ils ne se rendirent compte de la présence de l'homme que lorsque celui-ci, poussant un hurlement violent, tomba évanoui sur le sol. Baltazar s'enfuit sur le continent. Il erra des mois dans la brousse, allant de village en village, jusqu'à ce qu'un dimanche matin, s'étant aventuré à Lumbo, il se trouva nez à nez, sortant de l'église, avec le propriétaire du cinéma Imperial. Le vieux voulut savoir ce qu'il lui était arrivé, pourquoi il avait disparu si soudainement, au moment même du départ vers la métropole de la famille Costa Cascudo. Adebaldo, lui raconta-t-il, avait souffert d'un infarctus. Il avait perdu la parole. Il avait embarqué sur le paquebot *Angola* dans une chaise roulante poussée par Ricardo, celui-ci très maigre et très pâle, entouré de sa mère et de sa grand-mère. Ils ne revinrent jamais au Mozambique. Baltazar retourna vivre dans l'île, mais à partir de ce moment-là il prit l'habitude de s'habiller en femme, enveloppé dans les *capulanas* les plus belles et les plus colorées, le visage peint de *mussiro*.

– Tout cela est dans le livre ? demanda Daniel. Cette histoire du *mussiro* aussi ?

Uli confirma d'un grave hochement de tête.

– Peut-être que ce Baltazar est le fils de l'autre, suggère l'Angolais. Tu vas voir que c'est devenu une tradition familiale que les fils aînés héritent du prénom du père, s'habillent de *capulanas* et se teignent le visage avec du *mussiro*.

– Il est venu me voir.

– Baltazar ? Quand ?

– Tout à l'heure, il m'a vu sortir de la bibliothèque.

– Et alors ?

– Alors, il a montré le livre et m'a dit : "Je suis né de ce livre."

CINQUIÈME JOUR

“Les mots soutiennent le ciel.
Ô, ciel : donne-nous des êtres gentils.”

Job Sipitali, *Les racines chantent*

1

Daniel se réveille au milieu de la nuit, comme dans un fleuve, sentant que l'obscurité l'entraîne au loin, et il ne trouve pas Moira. Il se lève, encore ensommeillé. Des éclairs explosent au loin, sur le continent, découpant sur le ciel les silhouettes d'énormes baobabs. Sa femme est peut-être descendue à la recherche d'un biscuit ou d'un morceau de pain ou d'un fruit. Depuis qu'elle est enceinte, elle se réveille à l'aube, prise d'une fringale impérieuse, et se précipite alors dans la cuisine à la recherche de n'importe quoi à manger.

L'écrivain descend par l'échelle en bois. Sa femme n'est pas dans la cuisine, ni dans le séjour, ni dans la chambre, ni dans le bureau. Il l'appelle, inquiet. Personne ne répond. Il enfile un tee-shirt et un bermuda, chausse des tongs et sort dans la rue en imaginant les pires scénarios. C'est ce qu'il fait toujours quand il a peur que quelque chose de mauvais risque de se produire. Le futur, croit-il, est bâti de façon à démentir n'importe quelle prévision. Si nous imaginons un événement, avec un maximum de détails, celui-ci ne se produit presque jamais, ou tout au moins pas comme nous l'imaginions.

Ainsi, tandis qu'il parcourt nerveusement les rues de la ville endormie, Daniel imagine Moira sautant dans la mer, kidnappée par des trafiquants de drogue, écrasée par un chauffeur ivre, poursuivie par une meute de chiens.

Le ponton s'enfonce dans la nuit. Il allume la torche de son portable et va jusqu'au bout. Il y trouve la Femme-Blatte assise sur les marches en béton qui mènent à la mer. Elle est nue. Elle se lève en le voyant, ses seins tombant sur son ventre maigre. Elle fait un geste comme pour l'appeler, mais Daniel fuit. Et quand il reprend ses esprits, il est devant la maison de Lucília. Il frappe à la porte. Il crie pour l'appeler. Au bout de quelques minutes, une fenêtre s'ouvre et il reconnaît le visage à moitié endormi du mari de la sage-femme.

– Lucília a emmené Moira à l'hôpital. On ne vous l'a pas dit ?

L'hôpital ? L'hôpital de l'île de Mozambique fut jadis l'un des plus importants de l'Afrique australe et le plus beau. Abandonné dans les années qui suivirent l'indépendance, il abrita les réfugiés arrivés du continent et finit par être corrodé, dégradé, ravagé par les tempêtes, jusqu'à ce qu'il ne reste de lui qu'un peu plus que la haute façade offensée, avec ses six élégantes colonnes qui lui donnent l'aspect d'un temple grec (en ruine). Moira voulait accoucher à la maison. Daniel était d'accord. En cas de problème, on pouvait l'emmener en voiture à l'hôpital de Nacala, à un peu plus d'une heure de distance. Il n'avait jamais été question que l'accouchement se fasse à l'hôpital de l'île.

Daniel court. Devant les portes des maisons, des gens dorment, allongés sur des nattes. Une ou deux têtes se lèvent à son passage. Un garçon crie :

– Eh, tonton Daniel !

Daniel ne s'arrête pas. Il continue à courir, sautant par-dessus les endormis, les trous, les cailloux, jusqu'à ce que, à bout de souffle, il aperçoive les murs épuisés du vénérable bâtiment. Il s'arrête devant un vieillard qui semble attendre la fin des temps assis sur une chaise, sous le vaste portail de l'hôpital.

– La maternité ?

Le vieux fait un geste vague de la main, lui indiquant un chemin à l'arrière du bâtiment principal. Daniel fend l'obscurité, faisant attention à ne pas trébucher dans les trous. Il aperçoit à une cinquantaine de mètres une faible lueur. Se guidant sur elle, il grimpe quelques marches et débouche sur une vaste salle, occupée par une vingtaine de lits en fer très rouillés, la plupart sans matelas. Deux des lits ont des moustiquaires. Sur l'un, mal recouverte d'une *capulana* crasseuse, une femme est couchée, son petit visage sombre aux yeux éteints levé vers le plafond sale. Sur l'autre, lui tournant le dos, il distingue Moira qui a l'air de dormir. Tremblant, il s'approche d'elle, et aperçoit alors la petite tête sans défense du bébé. Il s'agenouille aux pieds du lit. Moira ouvre les yeux et lui sourit.

– Elle incroyablement jolie, n'est-ce pas ?

– Mais qu'est-ce qui s'est passé ? Pourquoi tu ne m'as pas prévenu ?

– Tu dormais si bien, mon amour. Nous n'avons pas voulu te réveiller.

Les voix réveillent la petite fille qui se tourne vers son père avec un petit sourire tordu. Daniel écarte la moustiquaire et prend sa minuscule menotte.

– C'est bien Tetembua ? demande-t-il.

– Oui, tu as gagné. Je veux sortir d'ici. Ramène-nous à la maison.

Lucília les interrompt.

– Je vois que papa a fait la connaissance de sa fille. Félicitations !

Moira demande à Lucília si elle peut sortir de l'hôpital. La sage-femme donne son accord et propose de les conduire en voiture. Elle enveloppe le bébé dans une *capulana* et la confie à Daniel. Puis aide Moira à se lever et à s'habiller. Vingt minutes plus tard, la petite famille est de retour à la maison. Le lit étant toujours installé sur la terrasse, ils décident de passer le reste de la nuit dans un vaste canapé, que Moira a acheté, très abîmé, pour quelques meticais, et qu'elle a remis en état en lui ajoutant un matelas en mousse recouvert d'une *capulana*. La petite Tetembua, couchée entre eux deux, s'accroche à un des seins de sa mère et se met à téter.

2

La maison se remplit de gens, y compris de personnes que Daniel n'a jamais vues. Moira reste enfermée dans sa chambre avec le bébé. Elle a donné des instructions sévères à son mari pour qu'il ne laisse entrer personne. Instructions qu'elle a répétées à Momade de Jesus, en qui elle a bien plus confiance qu'en Daniel. Le domestique a posé une chaise à la porte de la chambre et y a pris place, raide, silencieux, le visage fermé, ne quittant pas la fête des yeux.

– On ne peut pas voir la petite ? s'indigne dona Francisca de Bragança.

Moira refuse de laisser entrer quiconque, craignant que la petite Tetembua, à présent entièrement exposée aux innombrables maux du monde, contracte un virus, une bactérie, un champignon, ou qu'elle s'effraie du tumulte de la vie. Très vite, l'avenir démontrera l'absurdité d'une telle angoisse, car non seulement Tetembua est née le corps blindé contre les pires maux, mais elle se révélera aussi comme la plus curieuse et sociable des petites filles, adorant le bruit, les fêtes et les foules.

Daniel s'assied un petit moment dans le jardin, à l'ombre du citronnier, et ferme les yeux, cherchant à retrouver son souffle. Autour de lui roulent les éclats de rire. Toutes les voix se confondent dans un joyeux brouhaha commun. Il ne voit pas arriver Uli. Celui-ci s'empare d'un siège et vient s'asseoir à ses côtés.

– Fatigué ?

Daniel ouvre les yeux.

– Je n'ai pratiquement pas dormi.

– Dis-toi que cela a été une nuit calme. Les prochaines seront bien pires.

– Ne m'emmerde pas !

Ils sont interrompus par un homme à la broussailleuse barbe blanche, gros sourcils touffus et sourire timide, qui, après avoir félicité Daniel, salue Uli.

– Tu ne me reconnais pas ?

Uli se relève d'un bond et l'embrasse.

– Ramiro, quel plaisir de te voir !

Ramiro Rendeiro vit dans l'île depuis de longues années. Il dirige des fouilles archéologiques, donne des cours à l'université, il écrit et promène un vieux jars aveugle le long des plages, des rues et des places de la petite ville. Bon et généreux comme un Christ qui aurait choisi d'abandonner le christianisme, il avait dispersé la fortune familiale en investissant dans des projets scientifiques et en aidant les plus démunis. Uli l'aime beaucoup. Il se tourne vers Daniel.

– Tu te souviens de l'histoire que je t'ai racontée, l'histoire des suce-sang ?

– Oui, bien sûr.

– Ramiro faisait partie du groupe.

Ramiro se souvient bien. Contrairement aux autres scientifiques qui avaient fui vers Nampula, lui avait choisi de rester dans l'île. Il pensait qu'en quelques jours la rumeur finirait par disparaître et qu'on le laisserait tranquille. Ce ne fut pas le cas. Il commença à être poursuivi. Les enfants lui jetaient des pierres. Un matin, il fut réveillé par des clameurs. Il regarda par la fenêtre et aperçut une petite foule postée devant sa porte. Il téléphona à un ami, un chirurgien à la retraite qui se précipita à son secours. Le médecin parlementa pendant une demi-heure avec les manifestants, en makua. Ramiro suivit la discussion à une fenêtre, sans comprendre ce qu'ils se disaient. À la fin, son ami le rejoignit, très sérieux, pour lui rendre compte de ce qui se passait.

– Ne t'inquiète pas. Les mecs sont d'accord. Ils savent que tu es un suce-sang, comme ceux qui se sont enfuis, et que tôt ou tard, tu les attaqueras. "Que la volonté d'Allah soit faite", ont-ils dit, "laissons Dieu décider". Ils exigent seulement qu'avant de les sucer, tu leur proposes une petite soupe et un morceau de pain et de beurre, parce qu'ils sont morts de faim.

Ofélia déboule dans le jardin.

– Il y a un affrontement entre la police et des gens près du marché aux poissons, dit-elle.

Elle a même vu un policier blessé à la tête, entrant dans l'hôpital. Júlio Zivane confirme. Une des employées du Terraço das Quitandas lui a raconté que des pêcheurs ont débarqué sur l'île avec un naufragé, récupéré sur des débris, en pleine mer. Quand la police est arrivée avec l'intention d'emmener l'homme, les pêcheurs se sont insurgés. Ils voulaient l'entendre. Savoir ce qui se passait sur le continent. Un des agents a tiré trois fois en l'air, ce qui n'a servi qu'à échauffer encore plus les esprits.

3

Le jour où Juvêncio Baptista Nguane fut nommé chef de la police de l'île de Mozambique, il retourna dans la maison où il était né, vide depuis cinq mois, depuis la mort de sa mère, s'enferma dans la cuisine et pleura. Il n'avait pas pleuré depuis ses quinze ans, quand une jeune fille dont il était amoureux avait déménagé à Johannesburg, le laissant avec la certitude absolue qu'il allait vieillir seul, sans femme et sans enfants pour prendre soin de lui. Enfermé dans la cuisine, Juvêncio pleura de rage et de révolte, hurlant contre ce salopard de chef, un gras du bide corrompu qui avait décidé de le punir par une sorte de déportation déguisée en promotion, destinée à l'empêcher de mener une enquête contre un fameux trafiquant de drogue. Sa femme, de son côté, reçut la nouvelle avec joie :

– Tu vas gagner plus et tu vas passer plus de temps avec ta famille, lui dit-elle. Nos enfants vont grandir avec un père. Et j'aurai mon mari de retour.

À l'époque, Juvêncio s'était dit qu'exilé dans l'île il mourrait d'ennui bien avant sa retraite. Il se trompait. Il ne dort pas depuis trois jours et trois nuits, en essayant de remettre de l'ordre dans le monde. Tout au moins l'étroit monde qui lui est donné de gouverner. Devant lui, enveloppé dans une *capulana* à l'effigie du président Samora Machel, se dresse un jeune homme maigre, affolé, qui dit s'appeler Calamidade, Calamité, sauvé des flots par des pêcheurs et dont le récit sur la situation du continent remplit d'effroi la population. Le commandant prend note du nom sur un grand cahier.

– Calamidade ? Je parie que tu es né en 2000. J'ai raison ?

– En 2000, oui, chef.

– Pendant les grandes marées…

– Ma mère dit que je suis né dans l'eau, avec les poissons.

– Et là, tu as failli mourir dans l'eau.

– Oui, chef, avec les poissons.

Le commandant hoche la tête, impressionné par la propension de Dieu, ou du destin, à l'ironie tragique. Il se lève de son bureau, en résistant à la tentation d'étreindre le garçon. Si cela ne tenait qu'à lui, il résoudrait tous les problèmes de l'humanité avec des accolades, des baisers et des petites tapes dans le dos. Il va à la fenêtre. Il voit la population tassée derrière la porte du commissariat. Il retourne s'asseoir.

– Qu'est-ce qui est arrivé, monsieur Calamidade ?

– Le monde a disparu.

– Le monde n'a pas disparu, Calamidade. Nous sommes là tous les deux en train de bavarder, dans l'île de Mozambique, alors le monde n'a pas disparu.

– Tout est devenu de l'eau, chef. Là-bas, de l'autre côté, les maisons sont devenues de l'eau, les arbres de l'eau, les gens de l'eau. Même la lumière et l'air sont devenus l'eau sans fin de cette fin du monde.

Juvêncio prend une grande respiration. S'il lâche Calamidade et que celui-ci quitte le commissariat, les gens l'entoureront pour lui demander des informations. Le garçon répétera ce qu'il vient de lui dire, que le monde a disparu et qu'il n'y a plus, au-delà de la ligne d'horizon, que de l'eau et de la terre morte mélangée à la mer. Le témoignage de Calamidade ira augmenter encore plus la nervosité de la population. Il explique au garçon qu'il doit le garder dans une cellule, jusqu'à ce que la tempête se calme et que tout revienne à la normale. Calamidade reçoit le verdict avec un grand sourire. Il veut juste qu'on ne le renvoie pas à l'eau.

4

Daniel a demandé aux auteurs, aux journalistes et aux autres invités de se retrouver tous au Terraço das Quitandas, à quinze heures, pour parler des derniers événements. Quelques dizaines de personnes attendent dans la véranda, installées dans des fauteuils, des hamacs ou sur des coussins, éventails entre les mains. Une idée de Moira, de commander des éventails à un artisan local, pour les offrir aux participants, avec le programme complet du festival. Dès que Daniel arrive, suivi de Uli, Cornelia se lève et l'affronte.

– Mon vol est aujourd'hui ! Je veux partir d'ici !

Daniel s'approche pour l'embrasser, mais elle écarte son visage.

– Où est ma voiture ?

L'écrivain angolais recule de deux pas, respire profondément et se tournant vers les autres invités, il s'excuse au nom de l'organisation pour tous les contretemps qui se succèdent. L'île est toujours isolée. Il n'y a aucune nouvelle du continent. Il est impossible de dire quand les communications seront rétablies. En attendant, ils doivent rester dans leurs hôtels.

– Il y a du danger à sortir ? demande Jussara Rabelo.

Plusieurs personnes lèvent la main. Les uns veulent parler des épisodes violents ou tout au moins bizarres dont ils ont été les témoins ces derniers jours. D'autres ont des réclamations. Dans certains hôtels, il n'y a plus de carburant pour les générateurs, et sans air conditionné, on peut à peine respirer dans les chambres ; on ne trouve plus de bière nulle part, etc.

Uli demande le silence. Il parle à tous, comme s'il s'adressait à chacun, avec la même voix douce dont il se sert, raconte la légende, pour hypnotiser les éléphants, en expliquant que l'on subit une situation extraordinaire et qu'elle se résoudra très vite.

– Imaginons que nous sommes en vacances, dit-il, et profitons du soleil et de la mer. Ceux qui n'aiment ni le soleil ni la mer, et encore moins les vacances, profitez-en pour lire et pour écrire ou tout simplement pour bavarder les uns avec les autres, comme je l'ai fait, entouré d'auteurs que j'admire depuis tant d'années et d'amis que je vois moins que je ne le souhaiterais. Enchaînés à nos occupations du quotidien, nous nous plaignons qu'il nous manque du temps pour les choses simples de la vie. Eh bien, maintenant, nous avons le temps.

– Être mariée à Uli doit être le pire des cauchemars pour une féministe, murmure Ofélia à l'oreille de Luzia. Ce mec ouvre la bouche et j'oublie tous mes principes, idéologies, dignité. Je vivrais à genoux à ses pieds, le servant comme une esclave.

Luzia rit.

– On dirait un de ces illusionnistes de cirque qui distraient le respectable public avec une main, pendant qu'il le trompe de l'autre.

Jude se lève.

– Uli a raison. Il faut nous aider les uns les autres. Vivre le moment présent. Faisons comme si nous étions des naufragés.

– Nous sommes des naufragés ! crie Júlio Zivane.

– Très bien, dit Pedro Caminha. Nous sommes des naufragés. Nous allons vivre comme des naufragés. Mais avec quelles ressources ? J'ai passé la matinée à parler avec des pêcheurs. Ils disent qu'il y a de moins en moins de poissons dans la mer. Ils ne savent pas pourquoi. On ne trouve presque rien de frais au marché. Uniquement des conserves.

Daniel aussi a parlé avec les pêcheurs. Il a parlé avec les propriétaires des hôtels et des principaux restaurants. Tous se sont plaints du manque de produits : les pommes de terre de plus en plus rares, les légumes de plus en plus petits, les derniers poulets de plus en plus chers. À marée basse, la plage se remplit de femmes et d'enfants, un couteau dans une main et un seau dans l'autre à la recherche d'oursins et de palourdes.

Une fois encore, Uli prend la défense de Daniel.

– Nous ne mourrons pas de faim. Il est vrai que les pêcheurs se plaignent du peu de poissons, mais ils continuent de pêcher. Les restaurants sont toujours ouverts. Ils servent à déjeuner et à dîner. On trouve difficilement des légumes au marché, mais en contrepartie, il y a du chocolat.

– Et du café ! s'écrie Jude. Tant qu'il y a du café, je ne lâche pas.

Des rires éclatent. Alors, Júlio Zivane se lève.

– On peut parler des personnages ?

– Quels personnages ? demande Daniel, tendu.

– Tu le sais très bien ! crie Zivane. Nos personnages ! On ne peut pas ouvrir un livre dans cette merde d'île sans qu'un personnage s'en échappe et fuie et se mette à vivre dans la rue. Et non, je ne suis pas saoul. Il y a deux jours que je ne bois pas une goutte d'alcool.

Une brève confusion s'installe. L'écrivain togolais Sami Tchak raconte qu'il a pris ce matin même un café avec le double littéraire de Jude, sur le ponton, tout en regardant la tempête engloutir les derniers souvenirs du continent. Jude répond qu'il aurait dû le jeter à la mer, cet autre Jude, lequel, s'il lui a d'abord apporté une réputation et un certain profit, lui fait honte, maintenant. Ofélia jure qu'elle a rencontré dona Epifânia au marché, toute de séduction avec les vendeurs de *capulanas*. Jussara veut savoir s'il existe un *terreiro de candomblé* sur l'île. Pedro Caminha, si quelqu'un a revu la Femme-Blatte. Cornelia se lève et quitte la véranda en protestant à grands cris contre la chaleur et la folie de ses confrères et en jurant que plus jamais elle ne reviendrait au Mozambique.

Moira arrive à ce moment-là, et croise Cornelia. La Nigériane la repousse d'un geste sec, avant de disparaître dans le couloir. Daniel accourt pour prendre sa femme dans ses bras.

– Que fais-tu là ?

Moira se dégage. Les écrivains se lèvent pour la recevoir. Ils applaudissent, l'embrassent, la félicitent. Les uns lui demandent comment s'est passé l'accouchement. D'autres veulent savoir comment s'appelle la petite. Elle les ignore. Elle sort une clochette en cuivre de son sac et l'agite énergiquement, dans une stridulation féroce, jusqu'à ce que tout le monde se taise.

Calmez-vous, s'il vous plaît ! Ce n'est pas la fin du monde… Ou ça l'est peut-être, ajoute-t-elle. Le monde disparaît un peu à chaque instant. Et chaque instant recommence. Par exemple, depuis quelques heures, il y a un début de monde, ici, dans l'île, dans sa vie, la vie de tant de gens qui l'entourent. En plus, elle se souvient d'avoir levé les yeux vers le ciel, en allant à l'hôpital, et de s'être étonnée du vide de la nuit. Les étoiles sont en train de disparaître, comme les poissons dans la mer, les insectes et les oiseaux dans le ciel ou cette étroite bande de terre, à l'horizon, avec la silhouette des grands baobabs, que nous tous pensions éternels. Elle ne sait pas ce qui est en train d'arriver. Un rêve magnifique. Un cauchemar. Une illusion prodigieuse. Tout cela en même temps, ou alors juste l'Univers exerçant ses mystères. Et il y a les personnages, continue Moira, il y a les personnages qui sortent des livres et occupent les rues. Elle-même a vu la Femme-Blatte, de Cornelia Oluokun, et elle a bavardé, ou a essayé de bavarder, avec l'alter ego arrogant de Jude d'Souza.

Elle fait une petite pause pour reprendre son souffle. Un nouveau brouhaha se lève, tout le monde parle en même temps, jusqu'à ce que Moira agite à nouveau la clochette.

– Taisez-vous, merde!

Les écrivains se taisent.

– C'est nous qui construisons les mondes! crie Moira. C'est nous! Les mondes germent dans nos têtes et y grandissent jusqu'à ne plus pouvoir y loger, alors ils nous quittent et acquièrent des racines. La réalité est là, c'est ce qui arrive à la fiction quand nous croyons en elle.

5

Couchée dans son lit, le visage enfoncé dans le matelas et un oreiller sur la tête, Cornelia n'entend pas le discours de Moira. Son corps se liquéfie sous la chaleur. Elle a entendu parler du naufragé, un pauvre tapissier, sauvé de la mer par des pêcheurs, qui affirme avoir été le témoin de la fin du monde. Le tapissier dit avoir vu sa famille devenir de l'eau. Il a essayé de sauver sa petite fille, il l'a attrapée, l'a prise contre sa poitrine et elle a fondu irrémédiablement entre ses doigts tremblants.

Cornelia elle aussi est sur le point de changer d'état. Quand ils rentreront dans sa chambre demain matin, ils ne trouveront que des draps trempés. Quelqu'un dira : "Regardez, cette garce de Nigériane est partie, elle est devenue de l'eau." Ils mettront les draps à sécher sur l'une des terrasses, jusqu'à ce qu'elle s'évapore complètement. Elle pense à Pierre. Elle l'imagine courant dans l'île à sa recherche, la respirant, s'arrêtant en reconnaissant son parfum amer.

Une série de petits bruits la tirent de ses pensées. Elle se retourne dans le lit et ouvre les yeux. Lucy, la Femme-Blatte, est assise devant elle. Elle fait craquer ses poignets et ses doigts, les yeux baissés. L'écrivaine saute du lit et va s'appuyer contre le mur opposé en mesurant des yeux la distance qui la sépare de la porte de sortie.

– Comment es-tu entrée ici ? murmure-t-elle en yoruba.

Lucy laisse tomber sa tête en arrière, faisant penser à une poupée désarticulée. Elle a les yeux révulsés.

– Je suis entrée par la fenêtre, en volant. Elle lâche un petit rire qui blesse Cornelia comme une insulte.

– Qu'est-ce que tu me veux ?

La Femme-Blatte aspire l'air dense de la chambre. Elle a besoin de comprendre qui elle est, d'où elle vient. Et où elle ira après la fin. Cornelia la regarde dans un silence désolé et s'approche d'elle.

– Je ne sais pas, avoue-t-elle, je ne sais jamais d'où vous surgissez. Il y a tant de nuits en moi. Tant d'obscurité !

Elle dit cela et elle pleure, cherchant à cacher ses larmes derrière ses mains, mais Lucy se lève, prend ses doigts et les embrasse.

– J'ai peur, mère, j'ai peur… que vais-je devenir ?

Cornelia aussi a peur. Elle aussi a besoin de comprendre qui elle est, d'où elle vient et où elle ira quand tout sera fini.

– Je t'ai donné un compagnon, quelqu'un qui serait comme toi, dit l'écrivaine. Pour te protéger. Pour que tu le protèges. Pour que vous vous aimiez l'un et l'autre.

– Max, murmure la Femme-Blatte. Son nom est Max.

Lucy se lève, ouvre la porte de la chambre et sort dans le couloir. Elle ferme la porte. Cornelia reste longtemps assise sur le lit. Puis elle se lève, s'assied devant le petit bureau, ouvre l'ordinateur portable et écrit :

> Il plut tellement que l'eau recouvrit le monde. Seule, une île a été épargnée, entièrement assise sur un énorme bloc de pierre ponce, et qui s'obstina à flotter sur les eaux, avec son solide fortin portugais, ses belles maisons coloniales, ses fulgurantes terrasses arabes, ses églises et ses chapelles et ses mosquées, et quinze mille âmes suffoquant sous un air si lourd et si humide qu'en certaines aubes, même les grenouilles s'y noyaient. Un long pont de corde, avec une passerelle en bois, retenait l'île au continent. Avant la tempête, le pont servait aussi bien à relier une terre à l'autre qu'à empêcher l'île de se libérer et de partir à la dérive et ainsi disparaisse au fil de l'eau, pour ne plus jamais être vue. Après les pluies, celui qui s'apprêterait à traverser le pont aboutirait non plus à la terre ferme, mais à un immense territoire absorbé par les eaux, que les îliens appelaient seulement, par paresse, la fin du monde.
>
> Un après-midi, un gamin traversa le pont, en portant dans la main droite un seau et dans la gauche une pelle. Arrivé de l'autre côté, il continua à avancer, bien qu'avec difficulté, enfoncé jusqu'aux genoux dans une matière qui n'était ni liquide ni solide, qui semblait constituée autant de mer que de mornes débris du ciel. Il escalada une petite colline et se mit à creuser les nuages morts, les étoiles défilantes, les restes fanés d'un arc-en-ciel qui un jour avaient

décoré l'azur scintillant. Noori, c'est ainsi que s'appelait le garçon, travailla tout l'après-midi. Quand le soleil commença à décliner, il découvrit une grande feuille dans sa pelle, marron, dentelée, sans vie, mais une feuille malgré tout. Il s'agenouilla et pleura.

Noori emporta la feuille sur l'île. Il la montra à son meilleur ami, Feijão, qui s'était moqué de lui quand il lui avait dit qu'il voulait traverser le pont pour creuser des vestiges de la vie à la fin du monde. Feijão prit la feuille, l'examina, la renifla, puis se rendit.

– Demain, je vais avec toi.

Le lendemain ils partirent tous les deux. Ils creusèrent ensemble, dans un silence obstiné jusqu'à ce que vers trois heures de l'après-midi, la pelle cogne contre quelque chose de solide : c'était de la terre. Les garçons exultèrent. Ils emportèrent dans l'île les seaux remplis de cette matière noire, arrachée aux eaux, et la montrèrent à leurs parents. Eux aussi s'émurent et s'émerveillèrent. Ils appelèrent les voisins, quelqu'un apporta des *batuques* et des sonnailles, et bientôt l'île entière dansait et chantait dans une fête comme on n'en avait pas vu depuis longtemps.

"Les mois suivants, toute la population se mobilisa pour déterrer le continent, ce qui se fit mètre après mètre, dans un effort héroïque. Ils dégagèrent d'abord une large bande de plage, sur laquelle ils plantèrent des cocotiers et des casuarinas. Puis les gens avancèrent vers l'intérieur, plantant des baobabs, des banians, des anacardiers, des manguiers, des avocatiers, des cacaoyers, des bananiers, des pitanguiers, des tamariniers et des papayers, semant des haricots, du maïs et du *massango*. En se couvrant de feuilles, les anacardiers, les banians, les manguiers et les avocatiers commencèrent à donner des fruits, puis les oiseaux arrivèrent, des centaines d'oiseaux de toutes les espèces, des mésanges, des perdrix, des alouettes, des hirondelles, des grives, des étourneaux, des becs-de-corail, des *viuvinhas*, des canaris, suivis d'aigles, de faucons, de hiboux, de marabouts, de hérons, et de cigognes qui commencèrent à disperser les graines de ces arbres, en éparpillant le vert et gagnant chaque fois plus de terre sur la fin du monde.

"Cinq ans après que Noori eut traversé le pont tout seul, portant dans sa main droite un seau et dans la gauche une pelle, il ne restait plus qu'un petit morceau de fin du monde, dans le coin le plus éloigné du continent, que les hommes avaient décidé de maintenir intact, dans toute sa désolante impossibilité, afin que ceux qui viendraient ne puissent jamais mettre en doute qu'un jour le ciel était tombé sur la terre.

On dit que lorsque Noori mourut tous les oiseaux étaient présents aux funérailles, pour lui dire adieu, et il y avait tant d'ailes dans le ciel que le sol du cimetière se couvrit de plumes, de telle sorte que les gens avaient l'impression de marcher sur des nuages effilochés.

Cornelia termine d'écrire et elle s'aperçoit alors que la nuit est tombée. Elle ferme son ordinateur portable et sort sur la terrasse. Il n'y a aucune étoile dans le ciel.

6

Luzia et Jude sont allongés sur le dos, près de la piscine, sur le ponton, la jeune femme a la tête posée sur la poitrine de l'homme.

– Regarde, dit Jude montrant le ciel. Une étoile s'est allumée là, juste au-dessus de nous. Luzia en montre une autre, à côté : il y en deux ! Non, trois !

Le Nigérian lui caresse le visage.
– Les nuages s'ouvrent, murmure-t-il.
– C'est cela, ou alors quelqu'un est en train de créer des étoiles à pleines mains ! dit Luzia en riant.
– Un écrivain, si l'on en croit la thèse de Moira. L'un de nous, assis devant un cahier ou un ordinateur, et qui réécrit le monde.
– J'aime ta main. Luzia lui prend la main et l'embrasse. J'aime cette main qui crée des mondes.
– Je dois te dire quelque chose. J'aurais dû déjà te le dire …
– Quoi ?
– Il y a quelqu'un qui m'attend à Londres. Un amoureux…
Luzia s'assied. Elle le regarde, confuse.
– Excuse-moi, je n'avais pas remarqué…
Jude s'agenouille devant elle. Il essaie, en vain, de lui prendre les mains.
– Ce n'est pas ce que tu penses. C'est-à-dire, oui, j'ai un amoureux. Je vis avec un acteur anglais. Mais j'ai aimé des femmes. En tout cas…
Luzia se lève. Elle s'éloigne de lui.
– Je ne sais pas quoi dire.
– Je suis désolé si je t'ai blessée.
– Non. Tu n'as rien fait.
Jude se lève, il se voit du haut d'un endroit situé au-dessus de lui, et c'est comme si ce n'était pas lui qui se levait, mais un inconnu, et il se rend compte du ridicule de la situation. Il court quand même derrière Luzia, trébuche, manque de tomber.
– Écoute, Luz, écoute, dit-il sans savoir quoi dire, tout en l'attrapant par un bras. Et au moment où elle se retourne, il l'embrasse sur la bouche. Je ne veux pas te perdre.
Luzia fait trois pas en direction de la mer. Elle s'aperçoit qu'une grande partie du ciel au-dessus d'eux est à présent

couverte d'étoiles. L'Univers est en fête, pense-t-elle, et elle, elle souffre à cause d'un homme. Elle se retourne.

– Je vais me coucher. On se parle demain.

Jude se laisse tomber à plat ventre sur le ponton, le regard tourné vers la mer, qui est là tout près, lui léchant presque les mains, et il a l'impression tout d'un coup de voir un animal très gros et très lisse, qui l'observe, l'examine, comme un entomologiste qui analyserait un scarabée rare. Il se relève et part de l'hôtel en courant presque, pour rejoindre le Terraço das Quitandas.

7

La nuit s'éclaire tandis que Jude chemine. En arrivant au Largo da Alfândega, il entend des pas derrière lui. Il se retourne et se trouve nez à nez avec l'autre Jude, debout, immobile, qui le regarde avec des yeux qui sont les siens et qui ne sont pas les siens car il ne les a jamais vus comme cela, ses yeux qui sont d'autres yeux, rieurs comme des enfants moqueurs.

– On dirait bien qu'elle m'aime plus que toi, dit la copie.

Jude serre les poings. Il ressent une brusque bouffée de haine contre lui-même, pour ne pas avoir parlé plus tôt à Luzia, pour ne pas lui avoir dit que ces quelques jours dans l'île l'ont transformé, qu'il ne veut plus de sa vie d'avant, ce qui comprend l'Angleterre, avec ses journées sombres et les parapluies gouttant dans les escaliers, et John, toujours si courtois, toujours si emphatique dans sa défense des malheureux et des grandes causes, toujours si blond et si ennuyeusement prévisible, et aussi ce maudit roman dans lequel il ne se reconnaît plus et qui est pourtant devenu son visage public. Jude veut lutter, il veut ressentir l'espèce de furieuse euphorie qui nous saisit quand un poing puissant nous atteint avec force, et que plus rien n'importe que de faire chuter l'adversaire, avant qu'il nous fasse chuter, nous. Jude le personnage a certainement lu dans ses pensées, car alors que le poing de Jude l'écrivain dessine une belle semi-ellipse dans l'air immobile, le premier a déjà écarté le visage avec une délicate élégance de danseur et à présent il rit, deux pas en arrière, à grands éclats moqueurs.

– Assieds-toi, ordonne la créature à son créateur. Nous allons parler.

Il donne l'exemple en s'asseyant sur un petit banc en bois. Jude le légitime prend place sur le banc en face. Ils se dévisagent, l'homme et son personnage. Le premier, tendu, renfrogné. Le second, souriant avec la bienveillance hautaine d'un prince visitant ses provinces sauvages.

– Ne t'énerve pas, dit Jude le personnage. Je suis ici pour te libérer.

L'écrivain regrette d'avoir arrêté de fumer depuis trois ans. Ce serait le bon moment de prendre un cigare, le glisser entre ses lèvres, l'allumer et en aspirer la fumée, ce qui lui donnerait le temps de reprendre son calme et d'éclairer sa pensée. Alors, il écarte les bras en signe de reddition, soupire et dit seulement :

– Parle !

L'autre se penche vers lui.

– Si Dieu était un poisson, les crocodiles n'auraient pas de dents.

Jude se souvient que le personnage de son roman, *Une si sombre lumière,* aime les proverbes. Il agace ses interlocuteurs avec sa manie de résumer n'importe quelle situation par un dicton yoruba. Lui, Jude, s'était immensément amusé en écrivant son livre, à inventer des proverbes à consonance africaine. Un critique français avait parlé de l'influence de la très riche littérature orale africaine sur l'écriture de l'auteur, sur l'utilisation des adages. Jude et ses amis avaient beaucoup ri de la naïveté du critique.

– Je ne sais pas ce que tu veux dire avec ça.

– Mais si, tu sais…

Un énorme jars émerge de l'ombre et vient s'interposer entre les deux hommes. Derrière lui apparaît Ramiro Rendeiro. Il s'affale sur le banc à côté de Jude, désorganisant la nuit avec sa barbe si blanche.

– Tout va bien ?

Jude se souvient qu'il a été présenté à Ramiro le matin même, chez Moira. Il lui tend la main.

– Ce jars est à vous ?

– Destino. Il s'appelle Destino. Il est aveugle…

– Je comprends…

– Non, ce n'est pas moi qui lui ai donné ce nom. Jamais je ne lui aurais donné ce nom. Je ne suis pas poète, et pas philosophe non plus. Je suis archéologue. C'est ma femme, Alice, qui a commencé à l'appeler comme cela. C'est resté.

Il ne semble pas remarquer Jude, le personnage. Il assure que la tempête, là-bas sur le continent, a diminué d'intensité. Dans deux ou trois jours, il recommencera à plonger. Il est anxieux. Il pense que la houle, le long de la côte, a peut-être exposé les débris de quelque autre navire naufragé. La plupart du temps, les découvertes sont accidentelles. Il raconte que, quelques années auparavant, alors qu'il naviguait avec Alice le long de la côte, ils avaient trouvé une petite maison plantée au bord d'une baie isolée. Il n'y avait là aucun autre signe de présence humaine. La route la plus proche était à plus de trente kilomètres. Curieux, ils avaient débarqué sur la plage et frappé à la porte. L'homme qui leur ouvrit était un ancien pilote des Forces aériennes. Pendant la guerre civile, il pilotait un MIG-21 qui avait été abattu par la guérilla et était tombé dans la mer. Le pilote avait survécu en sautant en parachute. "Mon avion est quelque part par là", dit-il en montrant la mer.

Dès la fin de la guerre, le pilote construisit une maison à l'endroit même où il avait failli perdre la vie.

Chaque fin d'après-midi, il s'assied dans un fauteuil, sur la véranda, pour observer l'océan, protégeant le sommeil de son vieux compagnon ailé. Ramiro proposa de plonger pour voir s'il trouvait des signes de l'avion. Il n'en trouva pas. En contrepartie il découvrit un galion du XVIIe siècle.

Le jars écoute l'histoire jusqu'au bout. Puis il lève la tête, lâche un gloussement aigre, et se précipite contre quelque chose, dans l'étouffant mystère de la nuit. Ramiro se lève.

– Je pars derrière mon Destino, dit-il en s'éloignant.

– Intéressante, l'histoire de ce pilote, murmure Jude, le personnage.

L'écrivain acquiesce d'un léger signe de tête.

– Je crois que Dieu est un crocodile.

8

Une fois dans sa chambre, Jude se rend compte qu'il a oublié de brancher son ordinateur. Entre-temps, le générateur s'est arrêté. L'ordinateur n'a plus que deux pour cent de batterie. Il sort de sa chambre et s'installe dans la véranda avec un carnet et un stylo Montblanc, cadeau de John. Il commence à écrire à la lumière vacillante d'une bougie :

> Quand le bâtisseur de châteaux ouvrit les yeux, il vit qu'il se trouvait toujours à la même place. Il ne savait pas dire depuis combien de temps il était là. Il ne saurait même pas dire si le temps existait là où il était. Les jours et les nuits ne se suivaient pas les uns les autres. Pas plus que les bêtes et les arbres ne grandissaient ou que les corps ne vieillissaient. Le bâtisseur de châteaux fermait les yeux le temps suffisant pour que l'herbe pousse et avale tout, et quand il les ouvrait, il trouvait le monde inchangé. L'ombre

dense et fraîche du *mulemba*, un parfum heureux, une rivière coulant au fond et sa lente rumeur.

Pour autant qu'il marchât, et il avait beaucoup marché, il n'arrivait pas à quitter l'ombre du *mulemba*. La rivière était toujours collée à l'horizon, scintillante et muette, comme un mirage. Seuls les visiteurs changeaient.

À ce moment-là, lorsqu'il ouvrit les yeux, il vit un enfant debout devant lui.

– Qui es-tu ? demanda-t-il.

– Je suis le garçon qui vendait des cacahuètes, répondit l'enfant. Et toi, qui es-tu ?

– Je suis le bâtisseur de châteaux. Je bâtissais des châteaux.

– Fantastique ! Et pourquoi bâtissais-tu ces châteaux ?

– Pour protéger les princes.

– Pour les protéger de qui ?

– D'autres princes.

– Et ces princes… eux aussi avaient des châteaux ?

– Oui, eux aussi avaient des châteaux.

– Et tu bâtissais des châteaux pour tous les princes ?

– Pour ceux qui pouvaient payer. Les châteaux coûtent cher. J'ai appris à bâtir des châteaux avec mon père. Dans ma famille on bâtit des châteaux depuis des générations.

L'enfant s'assit sur le sable à côté du bâtisseur de châteaux, qui le regarda avec sympathie.

– Où étais-tu avant d'arriver ici ?

– J'étais ici à l'ombre de ce *mulemba*, répondit l'enfant. On ne peut pas aller au-delà de l'ombre du *mulemba*. On ne peut même pas grimper dans le *mulemba*. On grimpe et on est toujours au même endroit. Si on pouvait grimper dans le *mulemba* on pourrait voir au-delà de la rivière. Ici, il n'y a que les gens qui changent. On ferme les yeux, et les gens changent. Ce n'est pas comme ça pour toi ?

– Si, répondit le bâtisseur de châteaux. C'est comme ça, je crois, pour tout le monde, mais j'insiste pour reposer ma question parce que peut-être que quelqu'un d'autre a une histoire différente à raconter. Que penses-tu qu'il existe de l'autre côté de la rivière ?

– Je crois qu'il n'existe rien.

– Je crois que même la rivière n'existe pas, c'est juste une image.

– C'est possible. Du reste, à quoi peut servir une rivière dont nous n'arrivons pas à toucher l'eau ?

Ils restèrent tous les deux à contempler l'horizon pendant un long moment. Alors le bâtisseur de châteaux dit :

– Et nous ? Est-ce que nous existons réellement ?

– Oui, nous existons ! affirma l'enfant. Nous existons, mais pas réellement. Si nous existions réellement nous sentirions quand nous avons mal.

– Mal ?! Moi j'ai mal.

– Mal au ventre ?

– Non, je n'ai pas mal au ventre.

– Mal à la tête ?

– Non, ça non plus. Ce qui me fait mal, c'est le passé.

– Ah, le passé ! Le passé existe sans exister, comme cette rivière. Tu crois qu'elle est là, tu peux la voir, mais tu ne peux pas y plonger. Personne ne peut plonger dans le passé.

– Je ne sais pas. L'eau de la rivière ne disparaît pas. Elle se déplace. C'est peut-être ce qui arrive aux jours que nous laissons derrière nous, ils ne disparaissent pas, ils se cachent ailleurs.

L'enfant ne répondit pas. Il se distrayait en regardant les nuages. Les nuages tournoyaient en haut dans le ciel, tantôt très blancs, tantôt dorés, parfois d'un doux ton rosé. L'enfant bâilla, s'étira. Il se tourna vers le bâtisseur de châteaux et sourit :

– Excuse-moi, l'ami, je vais fermer les yeux.

Il ferma les yeux et disparut.

La personne la plus étrange que le bâtisseur de châteaux eût rencontrée à l'ombre du *mulemba* n'était même pas une personne, c'était une vache. Par une politesse née de la force de l'habitude, le bâtisseur de châteaux lui demanda, comme il le faisait à tous les visiteurs :

– Qui es-tu ?

La vache ne répondit pas. Elle le regarda, l'air ennuyé. Un ennui ancien, que le bâtisseur de châteaux ressentit comme une offense. Elle ferma les yeux et disparut.

Le bâtisseur de châteaux, à nouveau seul, se mit à construire des châteaux dans le sable. C'était quelque chose qu'il faisait avec une admirable dextérité, bien que ce processus lui fît mal à la mémoire. Il en était là lorsqu'il entendit, derrière lui, une lente voix de femme légèrement rauque :

– Ils sont beaux, ces châteaux. Dommage qu'ils soient faits de sable. Ils ne vont pas durer longtemps.

Le bâtisseur de châteaux se retourna et vit une jeune fille longue et brune, vêtue d'une robe qui lui parut beaucoup trop somptueuse, ou simplement beaucoup trop rouge, rien que pour se tenir à l'ombre d'un *mulemba.*

– Les châteaux ne durent que le temps d'un rêve, répondit-il. Un clin d'œil.

La jeune femme sourit.

– Oui, j'imagine que oui. Qui êtes-vous, monsieur ?

– Je suis le bâtisseur de châteaux.

– Vous pensez que les gens sont ce qu'ils font ?

Le bâtisseur de châteaux réfléchit un peu.

– Ce que nous faisons nous construit, oui. Cependant, nous devrions être plus qu'un métier. Malheureusement, je crois que je n'ai été toute ma vie rien d'autre qu'un bâtisseur de châteaux. Je n'ai jamais réussi à être plus que cela.

La jeune femme secoua l'élégante architecture de ses épaules dans un éclat de rire limpide.

– Voulez-vous savoir ce que je faisais ?

– Que faisiez-vous ?

– J'étais actrice. Je faisais semblant d'être quequ'un d'autre. Quand je travaillais. Mais à partir de là, par déformation professionnelle, par peur, je ne sais pas trop, j'ai commencé à faire semblant que j'étais une autre personne, ou d'autres personnes, même quand je n'étais pas sur scène.

– Par peur ?

– Par peur que l'on n'aime pas la personne que j'étais en réalité. Alors j'ai commencé à jouer d'autres personnes. Il est plus facile d'être plusieurs qu'une seule. Être une seule me semblait une énorme responsabilité. Comme j'ai toujours eu du talent, je suis une bonne actrice, les gens croyaient que j'étais ces personnes. De temps en temps, dans l'intimité, il m'arrivait encore d'être moi. Cela se produisait par pure distraction.

– Et maintenant ?

– Maintenant, ici ?

– Oui, ici. À l'ombre de ce *mulemba*.

– Je parle avec les gens pour essayer de savoir qui je suis. Je crois que si je découvre un jour qui je suis, alors ce rêve finira, et je me réveillerai dans un endroit connu.

– Je n'avais jamais pensé à cette éventualité, avoua le bâtisseur de châteaux, très intéressé. Mais je ne crois pas que nous soyons enfermés dans un rêve. Les rêves sont toujours brefs et désorganisés, parfois nous sommes une mouche, d'autres fois le caméléon qui l'avale. Cet endroit me semble quelque chose de différent. C'est un territoire cohérent, bien qu'absurde. Je ne crois pas que je vais me réveiller tout à l'heure dans mon lit. Je crois que nous sommes morts. Nous sommes tous morts.

– Nous sommes morts ?

– Nous sommes morts. Peut-être depuis très longtemps. Depuis très longtemps ou depuis peu, ça ne change rien.

Ces mots firent peur à la jeune femme. Ou peut-être fit-elle semblant d'avoir peur. Les yeux légèrement écarquillés, haletante. Il aurait été impossible de dire si elle avait vraiment peur ou si elle faisait semblant, après tout c'était une bonne comédienne.

– Je ne peux pas m'imaginer morte. Je n'ai jamais joué une morte.

– Je crois que nous sommes morts. Je crois que nous sommes morts et que nous sommes arrivés ici, dans ce délire, par punition. Nous sommes ici pour souffrir.

– L'enfer ? Vous croyez que nous sommes en enfer ?

– Donnez-lui le nom que vous voulez.

L'actrice sourit. *Son sourire*, pensa le bâtisseur de châteaux, *dément à lui seul la possibilité de l'enfer. C'était une négation de l'enfer.* Du reste on ne ressentait pas ici le poids du temps. En enfer, au contraire, les damnés doivent supporter le poids du temps, tout le temps. L'enfer, c'est le poids du temps.

– Peut-être suis-je morte, mais je n'ai pas le sentiment d'être en enfer. Je me sens seulement perdue, comme un enfant qui aurait lâché la main de sa mère dans la foule. J'ai lâché ma main à moi. Je suis là, quelque peu angoissée, dans l'attente que ce rêve touche à sa fin. En attendant, je rencontre des gens intéressants. J'aime bavarder avec eux. Je ne suis pas en enfer ni même dans un cauchemar. Quand je rencontre quelqu'un qui ne me plaît pas, il me suffit de fermer les yeux.

– Ne fermez pas les yeux maintenant, demanda le bâtisseur de châteaux, parlez-moi encore un peu.

Il voulait la voir sourire à nouveau. Le passé lui faisait moins mal quand il la voyait sourire. Malheureusement, il ne savait pas comment la faire sourire. Dans sa vie, ou dans une autre forme de vie, le bâtisseur de châteaux avait été un homme austère. Il avait appris avec les moines à se méfier des sourires. Les rires le rendaient furieux. La joie lui paraissait un désagréable laisser-aller de brutes, ou pire, un manque de respect, voire même une insulte, vis-à-vis du Seigneur Jésus-Christ mort sur la croix pour le salut des hommes. À présent il n'en était plus sûr. Il avait perdu presque complètement la foi en Jésus-Christ. Il avait perdu la foi en quoi que ce soit. Il pensait à cela, au vertige de sa vie passée, à la foi qu'il avait perdue, quand la jeune femme, sans qu'il n'ait rien dit, sourit à nouveau :

– Je suis là, murmura-t-elle, je n'avais jamais rencontré de bâtisseur de châteaux. Cela vous plaisait de bâtir des châteaux ?

Le bâtisseur de châteaux répondit avec enthousiasme. Oui, depuis son plus jeune âge. Il voyait son père dessiner des châteaux. Il les voyait après s'élever péniblement de la boue, dans un effort asthmatique, dans une angoisse de pachydermes aveugles, jusqu'à devenir peu à peu ce que son père avait rêvé.

– Les châteaux se bâtissent toujours contre quelque chose, contre les autres, affirma la jeune femme. Ça ne vous gênait pas ?

– C'est le contraire. Les châteaux se bâtissent pour protéger des gens.

– Très bien, je comprends. Pourtant, on les bâtit pour les guerres. Les châteaux attirent les guerres, comme la joie des jeunes mariés converge vers les églises.

– Cela et la tristesse des funérailles.

– Oui, vous avez raison, dit-elle en souriant.

Le bâtisseur de châteaux soupira.

– J'ai vécu des guerres, des temps mauvais. J'ai été le complice d'atrocités. Mais que pouvais-je faire ? Je n'étais que le bâtisseur de châteaux.

L'actrice lui prit la main entre les siennes.

Mais au moins, vous avez vécu votre vie à vous. Vous avez été entier, vrai quelques fois, faux d'autres fois, grandiose et abject. Moi, au contraire, j'ai vécu des vies étrangères, des dizaines, plus vraies que la mienne. D'ailleurs, qu'est-il arrivé à la mienne ?

– N'exagérez pas. Vous avez sûrement été aimée. Vous avez sûrement aimé.

– Oui, mais j'ai mieux aimé quand je faisais semblant d'aimer, quand je prononçais des mots écrits par un autre, en y croyant plus qu'en ceux qui me venaient à l'esprit quand j'étais moi-même. Quand j'étais moi-même, tous les mots sonnaient fades, ridicules, complètement artificiels. Soyons sincères, la vie est rarement élégante.

Le bâtisseur de châteaux sourit. Un sourire gauche, un peu niais, comme ceux de qui ne souriait pas depuis l'enfance.

– La vie est toujours élégante quand vous êtes dans les parages.

L'actrice le regarda, surprise, ferma les yeux et disparut. Le bâtisseur de châteaux tendit la main droite comme s'il voulait la retenir, mais c'était trop tard. Au loin, la rivière glissait, indifférente. Des oiseaux qu'il ne voyait pas chantaient dans l'épais feuillage. L'homme ferma les yeux. Lorsqu'il les ouvrit, il trouva devant lui un dompteur de lions. Le dompteur de lions fut suivi par une coiffeuse, trois institutrices, un général, quarante-quatre commerçants indiens, cent trente-cinq commerçants chinois. Le bâtisseur de châteaux leur demanda à tous s'ils avaient, par hasard, connu ici, à l'ombre du *mulemba*, une actrice en robe rouge. L'un des commerçants chinois avait connu une actrice. Il s'en souvenait bien, une femme aux lèvres charnues et aux seins qui semblaient léviter. Elle avait été une star du cinéma pornographique. Le bâtisseur de châteaux voulut savoir ce que c'était que le cinéma pornographique. L'enthousiasme du commerçant ne le convainquit pas, au contraire. Horrifié, il ferma les yeux, et quand il les ouvrit, il trouva devant lui, assis sur une pierre, un homme un peu gros, qui le regardait de ce regard flou, sans but, avec lequel les aveugles regardent les choses.

– Vous êtes aveugle ? s'étonna le bâtisseur de châteaux.

– J'étais aveugle, répondit l'homme. J'étais un écrivain aveugle. L'écriture m'aidait à voir. Maintenant que je vois, mais que je n'écris pas, je crois que je vois moins bien.

– Sur quoi écriviez-vous ?

– Sur ce que je ne connaissais pas. Il n'y a que ce que nous ne connaissons pas qui vaille la peine d'être écrit, ce qui nous terrifie. J'écrivais sur les rêves, sur la mort, sur le temps.

– Alors vous êtes au bon endroit.

L'écrivain acquiesça. Il ferma les yeux et fut immédiatement remplacé par un marin aux jambes croisées, au dos bien droit, qui portait une petite boucle à son oreille gauche. Avant que le bâtisseur de châteaux ne réussisse à lui poser une question, le marin tendit la main et montra la rivière.

– Savez-vous ce qu'il manque, là ?

Le bâtisseur de châteaux le regarda, surpris.

– Où ? Dans la rivière ?

– Oui, dans la rivière.

– Que manque-t-il ?

– Un pont !

– Un pont ?

– Évidemment, un pont. Comment allons-nous traverser vers l'autre rive ?

Le bâtisseur de châteaux ne put dissimuler son agacement. Il éleva la voix.

– Nous n'arriverons jamais sur l'autre rive. Il n'existe pas une autre rive.

Le marin rit. Il n'y avait pas de méchanceté dans son rire.

– Bien sûr, qu'elle existe. La rivière existe, cette rive, celle où nous sommes, existe, et l'autre aussi existe. Toutes les rivières ont deux rives. Cela veut dire que nous devons traverser celle-ci et atteindre l'autre côté.

– Nous devons ?

– Nous devons ! Si la rivière est là, c'est pour que nous la traversions.

Le bâtisseur de châteaux désigna d'un geste fatigué l'ombre dense qui les entourait.

– L'ombre de ce *mulemba* est notre prison. Nous ne pouvons pas sortir de là.

Le marin se leva dans un bond qui fit reculer le bâtisseur de châteaux.

– L'ombre n'est une prison que lorsqu'elle nous empêche de voir. J'ai été dans beaucoup de prisons. Aucune n'avait une vue aussi merveilleuse. Une prison avec une vue comme celle-là ne peut pas être un lieu de pénitence, c'est un aimable piège.

– Vous croyez à l'enfer ?

– Bien sûr. C'est un territoire intérieur. On ne va pas en enfer, on ne va pas au paradis. Nous les emmenons partout où nous allons. Nous les portons en nous. Il y a des gens qui dispersent l'enfer qu'ils portent en eux. Chez d'autres c'est un paradis qui leur pousse dans la tête. Et puis de nombreuses personnes ne connaissent aucun des deux. Celles-là sont les plus malheureuses, parce qu'elles n'ont jamais vécu.

– Et Dieu ?

– Dieu ?
– Vous croyez en Dieu ?
– Pour quoi faire ?
Il s'inclina et tendit la main, que le bâtisseur de châteaux serra gravement entre les siennes.
– Ce fut un plaisir de parler avec vous. Je vous souhaite de belles rencontres et un excellent séjour. J'espère que nous nous retrouverons de l'autre côté du fleuve.
Il ferma les yeux et disparut.
Ça alors, murmura le bâtisseur de châteaux en son for intérieur, quel curieux personnage.
Son cœur battait toujours la chamade. Il regrettait le départ brusque du marin. Il regrettait aussi de n'avoir pas eu plus de temps pour bavarder avec l'écrivain. *Les meilleures conversations*, se dit-il, *sont celles qui nous bousculent, qui accélèrent notre rythme cardiaque*. Il demeura un long moment en pensant à ce qu'avait dit le marin à propos des ponts, de l'enfer et de Dieu. Il avait passé sa vie entière à construire des prisons ou à combattre d'autres hommes au nom d'un Dieu absent. Il se rappela les soldats qui avançaient à la rencontre des murailles. C'étaient les dernières images dont il se souvenait. L'huile bouillante déversée. Les cris des blessés, la lueur des flammes, le fracas furieux du métal contre le métal.
– Tu aurais dû bâtir des ponts ! hurla-t-il.
– Moi, je bâtissais des ponts.
Le bâtisseur de châteaux se retourna et aperçut derrière lui une femme maigre et pâle, extrêmement rousse, la chevelure lançant des étincelles et les yeux brillant d'une lumière printanière.
– J'ai bâti beaucoup de ponts, dit la femme, tournant nerveusement autour du bâtisseur de châteaux. J'aimais mon travail. Pourtant à partir d'un certain moment, je me suis laissé envahir par l'arrogance et j'ai commencé à construire des ponts par vanité,

comme l'un de ces écrivains qui écrivent non pas pour mieux voir, mais pour être mieux vus. Il m'est arrivé ce qui arrive toujours quand nous perdons la passion : un de mes ponts s'est écroulé. Beaucoup de gens sont morts. Ce fut la fin de ma carrière.

Elle s'assit par terre, à côté du bâtisseur de châteaux. Ils se taisaient, pendant qu'au loin, dans son passé, un pont s'écroulait, en emportant des gens. Au bout d'un moment, le bâtisseur de châteaux éleva la voix.

– Vous m'apprenez à construire des ponts ?

L'ingénieure en ponts sourit :

– Rien ne me rendrait plus heureuse !

Elle alla chercher un petit bout de bois et se mit à dessiner sur le sable. Des années passèrent, ou quelque chose de ce genre, puisque comme je l'ai déjà dit, le temps n'existait pas dans cette condition, cet état ou ces circonstances des âmes, et tous les deux continuèrent à faire des calculs et à concevoir des ponts. À la fin, l'ingénieure se coucha sur le dos, ses cheveux roux flamboyant doucement, le regard perdu dans le feuillage éternel :

– Je n'ai plus rien à vous apprendre. Vous vous êtes révélé un bon élève. Vous en savez maintenant autant que moi. Vous êtes, à présent, un ingénieur en ponts.

Elle dit cela et ferma les yeux.

Le bâtisseur de châteaux, ou plutôt l'ingénieur en ponts, se leva, heureux. Il s'étira. Il lui sembla que la rivière chantait. Ce jour-là – jour, c'est une façon de parler –, il reçut la visite d'une dizaine d'ouvriers et de commerçants, un chirurgien, une joueuse de oud, un éleveur de vers de terre et un mathématicien. Il leur demanda à tous s'ils avaient rencontré une actrice en robe rouge. Pendant qu'il apprenait à construire des ponts, avec la même passion juvénile avec laquelle il avait appris à construire des châteaux, il n'avait jamais cessé de penser à elle. L'image de l'actrice s'infiltrait comme une lumière inaugurale à travers les fentes de son inattention. Il suffisait que quelque chose le distraie un moment pour que la musique de son rire liquide le désarçonne. Aucune de ces personnes n'avait croisé cette jeune fille. L'ingénieur en ponts demanda au mathématicien s'il y avait une probabilité qu'il puisse la revoir. Le mathématicien fronça son épais sourcil.

– Ce serait une coïncidence extraordinaire. Mais, pourquoi pas ? Être vivant c'est tout pouvoir.

Puis, un moment après, une femme longue et flexible comme un serpent, professeur de yoga, se montra encore plus optimiste.

– Il vous suffit d'apprendre à ouvrir les yeux. Chaque fois que vous ouvrez les yeux vous trouvez devant vous une nouvelle personne, n'est-ce pas ? Alors, ouvrez-les plus souvent. Ouvrez-les, toujours, en pensant à celle que vous aimeriez revoir.

Une foule défila à l'ombre du *mulemba*, et avec chacun l'ingénieur en ponts apprit quelque chose. Il revit la vache qu'il avait rencontrée il y avait très longtemps. Celle-là ou une autre, l'ingénieur en ponts ne pouvait pas jurer qu'il s'agissait de la même. En tout cas, une vache. Cette fois-ci, l'animal le regarda non pas avec déplaisir, mais tendrement. Puis elle parla, avec une voix qui n'était pas une voix de vache, mais celle d'une vieille tortue.

– De l'autre côté de la rivière, les pâturages sont meilleurs.

Et ce disant, elle ferma les yeux et disparut.

L'ingénieur en ponts n'avait jamais auparavant prêté attention aux vaches. L'autorité avec laquelle celle-ci lui parla l'impressionna. La phrase aurait pu lui paraître hors de propos, surtout dans la bouche d'une vache, si ce n'avait été le ton employé. Le ton employé est presque toujours plus important que ce qui se dit. L'ingénieur en ponts ferma les yeux. Quand il les réouvrit, il trouva devant lui le sourire resplendissant de l'actrice à la robe rouge.

– Toi ?

L'actrice frappa dans ses mains, heureuse.

– Je n'ai pas cessé de te chercher.

L'ingénieur en ponts se préparait à ces retrouvailles depuis des éternités. Et pourtant, en la voyant, il se rendit compte qu'en fait il ne serait jamais préparé à cela. Ses mains tremblaient. Il manquait d'air. Il fut franc.

– Quand tu t'approches de moi, je sens que l'air se raréfie. J'ai du mal à respirer. Et avec mon cerveau privé d'oxygène, je souffre d'accès de stupidité, je perds la raison, je ne sais pas, je dis n'importe quoi.

L'actrice le fit taire d'un sourire.

– Ne t'excuse pas. Je n'avais pas l'intention de disparaître. Je crois que j'ai eu peur.

– Pourquoi ?

– Pendant que je te parlais, pendant que tu me parlais, j'ai senti que je m'approchais de moi-même. Tu me regardais et tu semblais me voir. Me voir moi, pas les personnages que j'inventais. Mais, après, tu as dit cette chose, et c'était comme si tu parlais non pas à moi, mais avec l'un de ces personnages. J'ai perdu pied. J'ai fermé les yeux pour ne pas tomber et quand je les ai ouverts, il y avait une vache devant moi.

– Toi aussi tu as vu les vaches ?

– Oui, elles se promènent dans le coin, mais ne parlons pas de vaches.

– Nous ne parlerons pas de vaches, dit l'ingénieur en ponts. Qui d'autre as-tu rencontré ?

– C'est toi que je voulais rencontrer. Toi, que je voulais retrouver. Mais devant moi ne surgissaient que d'autres. J'ai demandé partout si on t'avait vu.

– As-tu connu quelqu'un qui se serait souvenu de moi ?

– Oui. Un marin. Il m'a dit que tu m'aiderais à traverser la rivière.

– Et tu l'as cru ?

– Je me suis exercée à cela, à croire. Qu'est-ce que tu me proposes, on construit un pont ou un radeau ?

– J'ai appris à construire des ponts.

– Alors, allons-y ! Moi aussi, je préfère construire un pont. Il nous servira à nous et aux autres aussi.

– Et l'ombre ?

– Avec tant de lumière, tu ne vois que l'ombre ?

Elle lui prit la main et l'entraîna. L'homme vit devant lui s'ouvrir un chemin scintillant au milieu de l'herbe à éléphant. La rivière qui se rapprochait. Il se retourna : derrière eux, le *mulemba* s'élevait, immense. Des milliers d'oiseaux de toutes les couleurs s'envolaient d'entre ses branchages touffus, griffant de leurs ailes le bleu intense du ciel. La main de la jeune femme était chaude et douce et tout allait recommencer.

9

Cornelia dort, couchée dans une chaise longue, sur l'immense terrasse de sa chambre. Elle rêve de serpents. Elle se voit allongée sur un lit très haut, au milieu d'une savane très verte, sous un ciel dur et brillant comme l'acier. Des dizaines de serpents entourent le lit. Ils avancent, sifflant, parlant les uns avec les autres dans une mystérieuse langue sibilante. Le plus grand d'entre eux, grand comme une grue, la fixe dans les yeux, mais à la place d'un sifflement, il sort de sa bouche le bon petit bruit de l'iPhone, annonçant l'arrivée d'un nouveau message. Elle ouvre les yeux. Elle attrape le téléphone, qu'elle avait laissé par terre, à côté du fauteuil. L'écran est allumé et elle lit :

"Tu as entendu les infos ? Les aéroports ont été fermés. On dit qu'ils vont couper Internet. C'est la panique. Il y a des queues de gens qui cherchent à quitter la ville. Je ne sais pas où ils fuient. Toi, tu es très certainement à l'abri dans ce bout du monde. Seuls les bouts du monde sont saufs. Ne t'inquiète pas pour moi. Quoi qu'il arrive, je te rejoindrai. Je mourrai en Afrique, dans tes bras, dans très longtemps. Je t'aime, mon amour."

Pierre avait envoyé ce message cinq jours auparavant.

Cornelia se lève. Les jambes tremblantes, le cœur affolé, battant à fleur de peau. Dans la rue, les réverbères s'allument. On entend des rires, des applaudissements, des chants s'élèvent dont elle réussit seulement à comprendre quelques mots : "On a de la lumière !"

Elle enfile le peignoir de l'hôtel et sort de sa chambre. Elle trouve Jude dans la véranda penché au-dessus de la rambarde donnant sur la rue. Elle l'appelle :

– Jude !

Il se retourne.

– Oui ?!

– J'ai reçu un message. Elle lui tend le téléphone. Qu'est-ce qui est arrivé ?

Jude lit.

– Je ne comprends pas. Je vais brancher mon téléphone.

Dans le couloir, il croise Luzia qui lui saute dans les bras. Elle est en sueur, nerveuse, elle bafouille.

– Je suis venue en courant. Tu as appris ce qui est arrivé ?

– Qu'est-ce qui est arrivé ?

– Une bombe nucléaire a explosé en Israël !

SIXIÈME JOUR

"Cette année-là la pluie plut tellement que la mémoire perdit tout sens. Les boues obstruèrent les gorges et les fronts que les vieux posaient sur leurs mains s'amalgamèrent à leurs doigts et les bras aux jambes et les gestes de grâce s'amalgamaient aux corps et les petits enfants restaient collés à la poitrine des mères.
Seules les bouches s'obstinaient à rester ouvertes et, lorsque plus tard la pluie s'arrêta, de ces bouches sortirent de gros oiseaux noirs qui aussitôt s'envolèrent loin de ces contrées."

Ruy Duarte de Carvalho, *Signal*

1

Il était minuit deux. Internet arriva comme un coup de vent, entraînant une grêle de messages, tous écrits cinq jours auparavant, puis disparut à nouveau. Daniel, réveillé par les chants des enfants dans la rue fêtant le retour de l'électricité, descendit de la terrasse, brancha son téléphone et très vite se retrouva assis par terre dans la cuisine, lisant, perplexe, cinquante-deux nouveaux messages, la plupart commentant l'explosion d'une bombe nucléaire à Jérusalem. Les infos étaient contradictoires. C'est l'Iran, assurent les uns. Les Américains se préparent à bombarder Téhéran. La Russie menace de bombarder les États-Unis si ceux-ci bombardent Téhéran. Ce n'est pas l'Iran, mais la Russie, disent d'autres. Plus de trente mille personnes ont été tuées. Cent mille blessés. Des manifestants occupent et saccagent l'ambassade d'Iran à Londres. Des millions de personnes en panique quittent New York, Washington, Los Angeles, Miami et d'autres grandes villes américaines, créant d'interminables files de véhicules. Ce n'est ni l'Iran ni la Russie. Peut-être des islamistes radicaux appuyés par l'Arabie saoudite, avec une technologie fournie par la mafia russe. À Rio de Janeiro et São Paulo, des milliers de gens prient sur les places, se flagellent, dans l'attente de l'Enlèvement par le Messie. Des pillages se produisent dans de nombreuses villes européennes. C'est le chaos général.

Il se relève, pris de vertige. Moira est devant lui, très grave, portant le bébé attaché dans une *capulana* sur son dos, le téléphone dans la main droite.

– Finalement, on dirait que la fin du monde est bien arrivée.

– As-tu essayé de téléphoner à quelqu'un ?

– J'ai essayé de parler à une amie qui est à New York. Les téléphones ne fonctionnent pas. D'ailleurs Internet a cessé de marcher. Mais au moins, on a encore de l'électricité.

– On fait quoi ?

– Nous allons au Terraço das Quitandas, Ils doivent tous y être.

– À cette heure-ci ? Et la petite ?

– La petite vient avec nous. C'est un ange, elle dort.

2

Moira avait raison : les auteurs sont installés entre le grand salon de thé, la véranda et la principale terrasse de l'hôtel, bavardant les uns avec les autres, se montrant leurs messages téléphoniques, échangeant les informations et les rumeurs. Uli voit arriver le couple et les rejoint. Il tient dans sa main une bouteille de bière. Daniel le regarde, étonné.

– Tu bois de la bière, toi ? Je ne t'ai jamais vu boire quoi que ce soit d'alcoolisé.

– Aujourd'hui est un bon jour pour commencer.

– La fin du monde, tu veux dire ?

– Est-ce qu'il y a des nouvelles récentes ? demande Moira.

– Toutes les nouvelles datent d'il y a cinq jours. On ne sait pas ce qui s'est passé depuis.

Jude et Luzia se parlent dans un coin du patio, loin des autres. Le Nigérian se plaint de la lumière électrique qui lui semble maintenant trop forte, trop crue et qui vole l'âme de la ville. Moqueuse, Luzia l'accuse de romantiser la pauvreté, comme le font les touristes riches des pays du Nord quand ils visitent les villages africains. Jude ne se défend pas. Oui, avoue-t-il, il lui arrive de contempler le continent à partir de l'extérieur, avec les peurs et les préjugés d'un vulgaire citoyen britannique. Luzia s'étonne.

– C'est vrai, ça ?

– C'est vrai. Je suis nigérian et je suis anglais. Je ne suis pas sûr que ce soit une composante pacifique. Parfois, cela me semble même être un mélange dissonant. Pire, un processus colonial, avec mon moi britannique qui avance à cheval contre mon moi nigérian et lui coupe la tête. Il y a des jours où je me découvre étranger à moi-même.

Luzia ne sait pas quoi dire. Les rires des autres leur arrivent par bribes, un peu tristes, comme des bouteilles abandonnées par terre après une grande fête. La jeune femme appuie son corps à celui de Jude. Elle lui glisse à l'oreille :

– Et maintenant ?

Jude l'enlace. Ils s'embrassent. Luzia déboutonne son chemisier et colle ses seins contre la poitrine de l'homme. Il ferme les yeux et se revoit, petit garçon de huit ans, un dimanche matin sur la plage de Calabar, emporté par une vague gigantesque, tandis que sa mère court pour le sauver.

3

Juvêncio voit se lever le soleil depuis la terrasse de sa maison, sans se rendre compte qu'il vit le premier matin du monde. À huit heures, déjà au commissariat, il réveille Calamidade. Il lui donne un pain qu'il a acheté dans la rue. Le jeune homme le remercie et dévore le pain. Ali Habib arrive à ce moment-là. Le commandant réussit à le persuader de traverser le pont, mais seulement après lui avoir promis de l'emmener dîner au Feitoria, le soir même, quelque chose dont le sergent rêve depuis longtemps mais que son maigre salaire ne lui a jamais permis.

– Et les esprits? demande Habib, alors qu'ils ont déjà parcouru presque deux kilomètres.

Aucun des agents n'a accepté de les accompagner. Le soleil matinal ouvre de brusques éclairs sur la mer qui est lisse et très calme, bien que trouble, envahie de boue, de feuilles, de chiffons, de couches jetables, de sacs, de bouteilles de plastique et mille autres petits objets inutiles, restes d'un monde que la tempête a éteint. Les deux hommes voient passer la carcasse gonflée d'un âne, qu'une volée de corbeaux se disputent en craillant.

– Quels esprits? s'énerve Juvêncio.

– Les voix...

– Tu entends des voix? Des voix humaines?

Le sergent se recroqueville. Non, non, c'est seulement les corbeaux, mais qui sait ce qu'ils vont trouver de l'autre côté, un abîme, un nuage noir, un immense désert en flammes, une légion d'âmes damnées hurlant à la vengeance. Juvêncio allonge le pas. L'autre court derrière lui. On commence à apercevoir le continent: les collines rouges avec des poches de vert; murs qui émergent de l'eau telles les mains suppliantes de noyés. La route a disparu. La barrière auprès de laquelle les gardes contrôlaient l'entrée et la sortie de véhicules est plantée dans la boue, complètement tordue, comme un morceau de fil de fer dont un géant ennuyé se serait servi pour s'amuser. Personne n'est là pour les accueillir – ni naufragés ni démons. Le chef de la police ne s'arrête pas. Il enfonce ses bottes dans la boue et poursuit. Habib hésite.

– Chef, on ne voit personne...

– La population a probablement été évacuée vers Nacala ou Nampula. Allons voir si quelqu'un a besoin d'aide.

Il y a des boutres au milieu de la prairie, à cinq cents mètres du rivage. Toutes les maisons sont détruites. Les arbres couchés rendent encore plus difficile l'avancée des deux hommes. La chemise de Juvêncio est trempée de sueur, il respire avec difficulté, le visage gonflé par l'effort. Habib prie en secret, suppliant Allah, le clément, le miséricordieux, qu'il mette un trou sur le chemin du chef, de façon à ce que celui-ci trébuche et se torde le pied, et qu'ils puissent enfin s'arrêter un peu et se reposer. Dieu ne l'écoute pas. Ils continuent en silence pendant encore plus d'une heure. C'est alors que s'ouvre une clairière et qu'ils voient surgir, intact et serein, absolument identique à ce qu'il était lors de son inauguration, il y a presque un siècle, le petit aérodrome de Lumbo. Au milieu de la piste il y a un vieil homme, assis sur un fauteuil, un Hasselblad posé sur les genoux.

Ali Habib, s'arrête, pétrifié.

– Un démon !

Juvêncio rit.

– Mais non ! Un homme en chair et en os, en l'occurrence plus d'os que de chair, mais pareil à toi et à moi, assis sur un fauteuil au soleil.

– Comment c'est possible ?! Personne au monde n'a survécu...

– On va tout de suite le savoir.

Tandis qu'ils s'approchent, le vieux se lève et prend une série de photos d'eux. Puis il leur tend la main. Il parle un portugais hésitant, avec un fort accent français.

– Bonjour ! Je m'appelle Charles-Maurice. Je suis photographe.

Juvêncio lui serre la main. Le vieux a l'air très fragile, la peau foncée, extrêmement ridée, les cheveux crépus, complètement blancs, tirés en arrière. Mais ses doigts sont épais et forts et son pouls est ferme. Ses yeux bleus affrontent ceux du policier avec un calme et une ironie infinis.

– Que faites-vous là ? demande Juvêncio.

– Je meurs.

– Comment ça ?

– Je meurs, monsieur le policier. Je suis venu mourir. C'est une activité qui me prend tout mon temps.

Il les invite à entrer dans la salle d'embarquement de l'aérodrome, très propre, très en ordre, il les conduit au petit bar et leur sert un thé. Il raconte que c'est là, dans cet aérodrome, qu'il a débuté sa carrière de photographe. Il avait quinze ans et il était venu au Mozambique avec son père, un aristocrate français tombé amoureux d'une infirmière sénégalaise à Paris et qui, après la mort de celle-ci dans un accident de voiture, avait décidé de passer le reste de sa vie à parcourir le monde. Ils vivaient depuis cinq mois au Grand Hôtel de Lumbo quand ils apprirent que Rita Hayworth, la grande star de Hollywood, allait débarquer le jour suivant dans la petite ville, avec son mari, Ali Aga Khan, qui venait rendre visite à la communauté ismaélienne. Charles-Maurice vola le Kodak de son père, se posta tout près de la piste, en attendant que l'avion se pose. Personne ne soupçonna cet adolescent métis, avec son sac à dos sur l'épaule, quand il traversa le groupe de policiers et de gardes du corps, entra dans la salle d'attente, cria le nom de l'actrice, la prit en photo et disparut en courant.

– J'ai cru que mon père serait furieux contre moi, mais il a beaucoup ri en apprenant ce qui s'était passé. Je crois qu'il a été fier de mon initiative. Il m'a acheté un bon appareil photo, un trépied et tout le matériel pour développer, et il m'a encouragé à faire des photos des villes que nous traversions. J'ai suivi son conseil. Quand mon père est mort, quatre ans plus tard à Manille, j'ai découvert qu'il m'avait laissé en héritage pas grand-chose de plus que quelques bijoux de famille et un vignoble en Provence. Il avait dépensé toute sa fortune au poker.

Charles-Maurice vendit les bijoux et le vignoble, et s'installa à Paris. Il montra les photos qu'il avait prises tout au long de ses dernières quatre années au rédacteur en chef d'un grand magazine français : des images du carnaval du Cap ; des femmes héréros, en Namibie, avec leurs robes d'inspiration victorienne, regardant un film dans un cinéma de plein air ; des hommes dansant le tango entre eux dans un bar de Buenos Aires ; des baigneurs sur la plage d'Iracema à Fortaleza, autour du cadavre gonflé d'une baleine. Le journaliste étudia les photos, de plus en plus étonné :

– Quel âge dis-tu avoir ?!

Charles-Maurice travailla cinquante-six ans pour ce magazine. Il s'habitua à voir le monde travers la lentille d'un appareil photo. Après sa retraite, au détour du siècle, il décida de se consacrer à la lecture des milliers de romans qu'il avait achetés, au cours de ses innombrables voyages professionnels, dans des librairies des cinq continents. La nouvelle qu'une bombe nucléaire avait explosé en Israël le surprit dans son appartement parisien alors qu'il relisait *Marcovaldo* d'Italo Calvino, dans sa langue d'origine, allongé dans le hamac qu'il avait acheté à Manaus. Une semaine auparavant, un ami médecin lui avait diagnostiqué une tumeur au cerveau. Sans y penser à deux fois, le vieux photographe acheta un billet pour un vol partant quatre heures plus tard à destination de Johannesburg, il mit quelques vêtements dans une petite valise et appela un taxi. À Johannesburg, il embarqua pour Nampula dans un avion presque vide qui eut quelque difficulté à atterrir à cause de la violence de la pluie. Le premier taxi auquel il s'adressa refusa de le conduire à Lumbo.

– Il y a un cyclone dans le Nord, qui descend vers l'île de Mozambique. La population est en train d'être évacuée. Ce voyage est une folie.

Le deuxième chauffeur de taxi, un géant débonnaire, au corps puissant et lisse de phoque et une même tristesse océanique, l'écouta sans manifester de peur ni d'étonnement :

– Lumbo ? Allons-y !

– Et le cyclone ?
– Vous voulez y aller ?
– Oui.
– Alors allons-y.

Ce ne fut qu'à l'entrée de la minuscule petite ville, après avoir croisé une dizaine d'autocars escortés par des camions militaires, que Charles-Maurice mentionna le nom du Grand Hôtel de Lumbo.

– Le Grand Hôtel ? s'étonna le chauffeur du taxi. Vous êtes sûr ?

Il conduisit à travers les éclairs jusqu'à de hautes et solennelles ruines, dans lesquelles le photographe reconnut l'hôtel où il avait été heureux. Il pensa descendre. Il attendrait la mort, appuyé aux vieux murs. Le chauffeur l'en dissuada :

– Il ne reste pas une seule chambre avec un toit, monsieur.
– Et l'aérodrome ?
– Ah, l'aérodrome a été restauré il y a peu de temps. Il est comme neuf.
– Très bien. Alors ce sera ma destination.
– Il n'est pas en fonction, monsieur. Il n'y a personne.
– Ça ne fait rien.

Le chauffeur de taxi le laissa à l'aérodrome protégé de la pluie sous la large véranda qui entourait le bâtiment. Charles-Maurice resta là un bon moment, assis sur un fauteuil, assistant au début de la fin du monde. Ennuyé par le lancement de cette fin beaucoup moins dramatique qu'il ne l'avait espéré, il se leva et essaya d'ouvrir l'une des portes. Elle était fermée à clé. Il tenta les autres, sans trop d'espoir, jusqu'à ce que l'une d'elles s'ouvre, comme un portail du temps, l'entraînant vers la même salle où, exactement quatre-vingts ans auparavant, il avait photographié Rita Hayworth. Bouleversé, il sentit le parfum de la star au moment où, apercevant l'appareil photo, elle avait levé les mains pour cacher son visage Il entendit à nouveau le cri d'Ali Aga Khan – "Attrapez-le!" – tandis qu'une forte décharge d'adrénaline lui inondait le cerveau. Il vit sa vie se dérouler, un clic après l'autre, et se rendit compte pour la première fois, dans une illumination sans espoir, de l'ingénieuse illusion qu'est le passage du temps et de l'inutilité que veut dire exister. Il avait, cependant, été heureux.

– Monsieur, vous êtes resté là tout le temps qu'a duré la tempête? demande Juvêncio.

– Depuis que je suis arrivé à Lumbo, oui. En attendant que le monde explose en de milliers de gigantesques champignons atomiques.

– Tout seul?

– Je ne suis pas sûr.

– Vous n'êtes pas sûr?

– J'ai cru entendre des voix, mais je n'ai vu personne...

– Les esprits! murmure Ali Habib. Il a entendu les esprits.

Juvêncio fait taire le sergent d'un regard sévère, qui n'échappe pas au vieux photographe français.

– Peut-être des esprits, peut-être des hallucinations produites par un cerveau malade, condescend Charles-Maurice. En tout cas, ils m'ont apporté des mangues.

– Des mangues?

– Des mangues. Des oranges. Des avocats. J'ai survécu en mangeant des fruits et des petits gâteaux. Les petits gâteaux, je les ai trouvés ici, dans la cuisine du bar. Ainsi que des sachets de thé. J'ai pu me servir aussi d'une cuisinière à gaz.

– Vous avez occupé un bâtiment public, monsieur. Ça n'est pas possible.

– Je suis désolé. Je vous prie de m'excuser.

– Pas de problème. Étant donné la situation, le mieux c'est que vous restiez ici. Je vais demander qu'on vous apporte quelques denrées. C'est juste que je ne comprends pas la raison pour laquelle cet édifice a été préservé. La tempête a rasé la ville entière.

– Je suis sorti quelques fois pour faire des photos. J'ai vu comment le vent emportait des bateaux. Il avait l'air vivant. Un animal féroce, courant à travers les rues, secouant les maisons, arrachant de grands arbres par la racine, heureusement, il ne s'est jamais approché de l'aérodrome. Ici, il a seulement plu.

Juvêncio et Ali Habib prennent congé du photographe, qui retourne s'asseoir au soleil sur son fauteuil, soudainement beaucoup plus vieux, et ils redescendent vers le pont. Près de l'endroit où avant se trouvait le marché aux poissons de Jembesse, ils rencontrent deux garçons creusant la boue avec des pelles. Le chef de la police les reconnaît. Ce sont ses voisins.

– Que faites-vous là ?

L'un des garçons pose sa pelle et le regarde, en le défiant.

– Nous sommes en train de déterrer le pays, chef.

– Bonne chance, rit Juvêncio. Vous allez devoir creuser le restant de votre vie.

4

Júlio Zivane voit Ofélia descendre les marches et entrer dans l'eau. Il respire profondément et la suit. Heureusement la marée est si basse que même là, à l'extrémité du ponton, ses pieds touchent le sable. Il fait quelques brasses, sans conviction, et puis très vite il nage de retour vers les marches. Ofélia s'approche de lui.

– Tu as peur de la mer ?

– Oui. Très peur. Je suis comme Uli.

– Uli ne met pas même un pied dans la mer. Ça n'a aucun sens d'avoir peur. Ni de la mer ni de rien du tout. Plus maintenant, puisque nous sommes tous morts ou presque morts.

– J'ai quand même peur.

– Tu sais ce que nous devrions faire ?

– Un enfant ?

– Un enfant, c'est un peu tard pour moi. Un peu tard pour le monde. Mais on peut écrire un livre ensemble.

Zivane monte les marches jusqu'à la plateforme en bois. Il sort deux serviettes de bain d'un petit sac en paille et en tend une à l'écrivaine angolaise. Il s'essuie avec l'autre. Un livre à quatre mains ? L'idée lui plaît.

– Un roman ?

– Bien sûr, un roman. J'écris surtout de la poésie, mais je m'aventure aussi dans la fiction.

– Un roman exige beaucoup de temps. Pourquoi commencerions-nous à écrire un roman alors que tout est sur le point de disparaître ?

– Nous devrions toujours écrire comme si tout était sur le point de disparaître.

– Pour que cela ne disparaisse pas ?

– Oui, pour que cela ne disparaisse pas.

– Et pour qui ?

– Pour ceux qui vont réinitier le monde.

– Quand commençons-nous ?

– Dès maintenant, chaque minute compte.

Ils s'asseyent tous les deux sur le ponton. Ofélia sort du petit sac en paille un stylo à encre noire et un petit carnet à la couverture rouge, sa *Poubelle onirique*, dans lequel elle note des idées et des mots. Elle l'ouvre. Elle dit qu'elle a rêvé d'une femme couchée sur une natte, en proie à un accès de malaria. À son réveil, elle a écrit un poème. Elle lit :

> C'était un samedi :
> étendue sur une chaise longue,
> brûlante de fièvre, Ofélia eut une révélation :
> elle comprit que l'île était une véranda donnant sur Dieu
> et cela lui parut inévitable :
> de même que le ciel appartient aux athées.

Júlio Zivane lui demande de le relire.

– C'est joli, dit-il. Il réfléchit un peu. Pourquoi Ofélia ? C'est toi ?

– Bien sûr que non. Après celui-là, dans la même impulsion, j'en ai écrit toute une série. Ils racontent l'histoire de cette femme, Ofélia, qui vit ici, dans l'île de Mozambique, et qui va devenir la mère d'un petit garçon, mais elle ne le sait pas encore. Dans mon poème, il n'y a pas de distinction entre passé, présent et futur. Tout arrive sur le même plan.

– Lis-m'en un autre.

Ofélia hésite. Elle feuillette le carnet. Puis elle lit :

L'île est une virgule dans la mer du temps.
Ce soir-là, Ofélia arrive émerveillée à la maison :
– J'ai trouvé Dieu ! dit-elle en ouvrant la main.
Je vois un petit oiseau avec une aile brisée.
– Ce n'est qu'un oiseau ! lui dis-je.
Évidemment c'était Dieu.

Zivane est enthousiaste. L'idée de ne pas faire de distinction entre les temps lui plaît, bien qu'il lui soit difficile d'imaginer comment maintenir cela tout au long d'un roman entier. Ofélia lui dit qu'il vaut mieux ne pas penser à l'architecture du livre. Il faut que ce soit l'histoire qui choisisse le format. Ils doivent laisser les personnages libres, autonomes, qu'ils choisissent eux les chemins les meilleurs.

– Et le narrateur ? demande Zivane. Qui est le narrateur ?

– Je ne sais pas, avoue Ofélia. Je n'en ai aucune idée. Peut-être son fils, même avant d'être conçu, témoin de tout à partir d'un endroit quelconque du futur.

– Avant d'exister, il est déjà dans le futur ?

– C'est ça. Les personnages seront dans tous les temps simultanément.

– Ok. Et le père ? Qui est le père ?

– Le père ce pourrait être toi.

– Moi ?!

– Oui, toi. Júlio Zivane. Écrivain mozambicain, commerçant en cheveux. Vous êtes très amoureux l'un de l'autre, toi et cette Ofélia, mais vous n'arrivez pas à vivre ensemble.

– Pourquoi ?

– Tu es marié ?

– Non, non !

Ofélia rit.

– Je savais que tu étais célibataire. Je me suis renseignée.

– Vraiment ?

– Vraiment. J'ai demandé à Uli. Je sais que tu as été marié.

– Oui. J'ai une fille à Maputo. Je la vois peu.

– Pourquoi vous êtes-vous séparés ?

– Je buvais beaucoup. J'étais quelqu'un de confus et d'angoissé.

– Tu étais ?

– Depuis trois ou quatre jours, je suis un autre homme. Je ne bois plus. Je me sens plus tranquille, plus lucide.

– Parce que tu ne bois pas depuis quatre jours ?

– Non. Parce que j'ai pris la décision de ne plus boire du tout. Je suis sûr que je ne boirai plus.

– C'est l'avantage de décider de ne plus boire la veille de la fin du monde. Cela dit, peut-être serions-nous plus heureux si nous buvions. Pour fêter la fin.

– Même quand j'étais un homme confus et angoissé, j'aimais la vie. Je ne fête pas la fin de la vie.

– Tu as raison. Revenons à notre roman. Le personnage inspiré par toi est amoureux d'Ofélia. Et elle de lui. Júlio, notre personnage, boit beaucoup. Il a commencé à boire des années auparavant, pour combattre sa timidité. Il n'arrive à parler qu'après avoir avalé deux ou trois verres. Ivre, il devient spirituel. Les gens l'aiment. Mais quand il revient chez lui, sa joie se transforme en amertume. Ofélia sent qu'elle vit avec deux hommes différents.

– Et cela ne lui plaît pas.

– Non. Elle est une défenseuse féroce de la monogamie.

– Je pensais que c'était une femme libre.

– C'est une femme libre qui croit en la monogamie.

– Je comprends. Donc, ils sont amoureux l'un de l'autre, mais ils ne peuvent pas vivre ensemble. Jusqu'au jour où cet homme fragmenté, Júlio, n'est-ce pas ?, rencontre son père. Son père qui est mort depuis longtemps. Son père lui montre un livre, et dans ce livre il y a toute sa vie, le passé, le futur, dans d'innombrables versions, ce qu'il a été, ce qu'il aurait pu être, ce qu'il deviendra si par hasard il suit un chemin ou un autre. Et son père lui dit : "Mon fils, tous les choix sont les tiens."

– Libre arbitre, le grand leurre de Dieu. Et que crois-tu que Júlio choisit ?

– Júlio choisit d'être le seul homme d'Ofélia.

– Et donc, ils restent ensemble pour toujours, Júlio et Ofélia ?

– Ça, on ne peut pas savoir.

– Et pourquoi ?

– C'est une fin ouverte. J'aime les fins ouvertes.

– Moi aussi, surtout parce que, si la fin est ouverte, ça ne peut pas être la fin. On écrit ?

Júlio Zivane lui prend le carnet et le remet dans le petit panier de paille. Il se lève, tend sa main droite à l'écrivaine.

– Par une journée si belle, Ofélia ? Allons promener notre histoire.

5

Daniel est à la maison, il est en train de changer la couche de Tetembua quand le téléphone sonne. Il sursaute. Il pose le bébé dans son berceau et décroche. C'est Uli. L'ami lui dit que les communications téléphoniques ont donc été rétablies. Il ajoute qu'il a réussi à parler à sa femme, Doralice, à Maputo. Le monde avait vécu cinq jours d'extrême inquiétude. On avait appris, entre-temps, que l'engin nucléaire miniaturisé qui avait explosé à Jérusalem avait été acheté à des terroristes tchétchènes par un petit groupe de Juifs ultra-orthodoxes antisionistes pour qui l'existence d'un État hébreu, avant l'arrivée promise du Messie, offensait les propos de Dieu. La confirmation de l'origine de l'attaque avait calmé la tension entre les différentes puissances. La perspective d'une guerre nucléaire avait cependant réveillé les esprits. D'énormes manifestations spontanées se succédaient dans toutes les grandes villes du monde, de New York à Moscou, en passant par Delhi et Pékin, exigeant le démantèlement complet de tous les différents arsenaux atomiques. L'ambiance de panique avait donné lieu à une insurrection festive avec des foules dansant et chantant, tout en faisant brûler des mannequins aux effigies des dirigeants politiques. “C'est une immense fête!” avait résumé Doralice. “Même ici à Maputo, il y a des gens dans la rue. Je crois que l'humanité est en train de renaître.”

Daniel pose le téléphone. Il retourne à la couche recyclable, la lave et la met à sécher dans le patio. Puis il s'assied pour lire les dizaines de messages qui lui arrivent de partout. Le téléphone sonne à nouveau, c'est Moira cette fois, très agitée, qui lui répète ce qu'il sait déjà, que le monde a failli disparaître et que l'humanité est maintenant sur les places de toutes les villes, dansant, alors qu'il vaudrait beaucoup mieux qu'elle se regroupe dans des forums dédiés aux discussions sur une politique d'arrêt de futurs apocalypses, résultant soit de guerre, soit d'attentats contre la nature. Tetembua commence à pleurer. Daniel prend congé de sa femme et va chercher le bébé dans son berceau. Il sort dans la rue avec la petite qui cesse alors de pleurer. Des jeunes gens se pressent en marchant. Au coin de la rue deux jeunes parlent au téléphone. Le commandant Juvêncio passe, presque en courant, suivi de deux policiers. Daniel lui barre le chemin.

– Commandant ! Vous avez entendu les nouvelles ?

Juvêncio s'arrête.

– Bien sûr. Qui ne les a pas entendues ? – Ses yeux ne se fixent pas sur Daniel, ils accompagnent le mouvement de la foule. Des enfants poussent des cris de joie. Au bout de la rue, un groupe de femmes avance en frappant des mains et en chantant. Le commandant regarde enfin Daniel. – J'ai été sur le continent ce matin. Tout est détruit. Nous n'avons vu personne à part deux garçons et un touriste français, très vieux. Et on vient de me dire que beaucoup de gens sont en train de traverser le pont. J'y vais, pour tenter de savoir d'où viennent ces gens.

Juvêncio s'éloigne, d'une démarche rapide et ferme, suivi des deux policiers. Daniel marche vers l'Âncora d'Ouro, avec dans les bras le bébé qui, les yeux grand ouverts, observe ce qui se passe tout autour. Luzia et Jude sont assis à une table. Ils s'embrassent, indifférents au brouhaha qui les entoure. Ils s'aperçoivent de la présence de Daniel et lui sourient.

– Assieds-toi, invite Jude. Dis-nous ce que tu sais.

Daniel s'assied.

– La même chose que vous, j'imagine.

Luzia lui prend la petite des bras et la berce.

– Comme elle est jolie ! Dire que le monde a presque disparu, et nous, ici, ne nous en rendons pas compte, écrivant et discutant littérature.

– Les îles sont des reliquaires, dit Daniel. Quand le monde aura disparu, il renaîtra dans les îles.

6

Le mouvement sur le pont est intense. Juvêncio est debout, à côté de la guérite, observant les gens qui arrivent du continent à pied, à vélo et à moto, transportant des poules vivantes attachées par les pattes, des sacs remplis de fruits et de légumes. Soudain, il bondit et traverse devant un vélo. Le type qui est dessus s'arrête à quelques centimètres de sa poitrine. Il a des yeux tristes et inquiets, qui évitent ceux du chef de la police, non pas comme quelqu'un qui se sent coupable, mais comme quelqu'un qui a l'habitude d'être considéré coupable.

– D'où viens-tu ?

– De Terra, chef.

La réponse fait sourire Juvêncio. Il sait où se trouve Terra, un petit village de l'intérieur, loin des routes principales.

– Il a beaucoup plu, là-bas ?

– Oui, beaucoup, chef. Pas comme à Lumbo ou Mossuril. Une pluie normale.

– Et que viens-tu faire dans l'île ?

– J'ai laissé ma femme malade à l'hôpital. Je voulais venir plus tôt, mais ce n'était pas possible. En sortant de Namialo, il n'y avait plus de route. Plus rien.

– Comment, plus rien ?

– Toute cette eau, elle éteignait les gens. Beaucoup de gens ont été éteints.

– Ils sont morts ?

– Ce n'était pas la mort, chef. L'eau est arrivée et les a éteints.

Juvêncio sent que derrière lui, Ali Habib tremble. Il l'entend gémir.

– Je vous l'ai dit, commandant, cette pluie ce n'était pas de la pluie.

Le paysan demande la permission de continuer sa route. Juvêncio s'écarte et il passe. Ali Habib voit le regard furieux du chef et regrette d'avoir parlé. Mais c'est trop tard. Il continue, la voix tremblotante :

– C'est de la sorcellerie, commandant.

– Ah, oui ?! Alors dis-moi, mon bon Habib, si cette eau magique a éteint les maisons, les arbres, les bêtes et les gens, d'où est-ce que le monde est revenu ?

Ali Habib enlève son képi et se gratte la tête. Il fait un effort pour que sa voix soit ferme :

– Sachez que tout n'a pas été rallumé. La plupart des gens qui ont été éteints ne sont pas encore revenus. Ceux qui sont revenus ne sont plus les mêmes. Et pareillement les endroits qui ont été rallumés ne sont plus les mêmes…

– Comment ils ne sont plus les mêmes ?

– On dit qu'ils sont différents.

– Mais différents comment ?

– Les maisons ont l'air pareil, mais quand ils sont dedans, les propriétaires se sentent étrangers. Ils dorment et ils rêvent des rêves étrangers. Et les gens, les rallumés, reviennent comme s'ils étaient les mêmes, ils ont l'air d'être les mêmes, mais avec des souvenirs qui ne leur appartiennent pas.

– Comment peux-tu savoir que les souvenirs ne leur appartiennent pas ?

– Chef, mon beau-frère connaît un rallumé. Il est revenu ce matin chez lui, en se souvenant de choses qu'il ne pouvait pas connaître.

– Mais pourquoi ?

– Parce que ce sont des choses qui sont arrivées à ses petits-enfants. Et lui, il n'a même pas encore d'enfants.

7

Assise à une table du petit bar, dans la galerie d'art de l'hôtel Villa Sands, Cornelia regarde la petite fille debout devant elle, avec la sensation d'être en train de vivre une deuxième fois le même moment. Elle appelle la serveuse et demande deux croissants. Elle en offre un à la petite. La gamine hésite un peu, puis prend courage, avance de deux pas, tend le bras et saisit le croissant. Cornelia essaie de se souvenir de son nom, arabe est-elle sûre, quelque chose à voir avec *lua*, la lune, ou *luar*, le clair de lune.

– Ainur, assieds-toi là. Elle lui montre une chaise libre. Allez, petite, assieds-toi avec moi. Je vais demander qu'on t'apporte un soda.

La petite fille s'assied, bien droite, sa chevelure volumineuse éclaire la pénombre. Elle dit oui de la tête et sourit, comme si elle comprenait l'anglais. Cornelia lève les yeux. Un homme immense se tient debout sous la vaste arcade de pierre qui relie le patio à la galerie.

– Pierre ?

Pierre Mpanzu Kanda, qui a assisté à la scène en silence, se précipite vers sa femme, l'enlace et l'entraîne dans une sorte de danse maladroite, en riant aux éclats. Cornelia rit elle aussi. Ainur les imite. Elle applaudit, heureuse, en chantant une chanson makua.

Pierre a décidé de partir au Mozambique dès que les États-Unis ont ouvert l'espace aérien. Cela n'a pas été facile. Le cyclone a interdit tous les vols commerciaux vers le Mozambique. Il a fini par embarquer sur un avion loué par la Croix-Rouge, qui l'a conduit de Johannesburg à Nacala.

Cette nuit, Cornelia commencera à écrire un roman sur une petite fille albinos, Ainur, confiée encore bébé par ses parents à un couple de missionnaires américains, pour qu'ils l'emmènent loin de l'Afrique. Trente ans plus tard, Ainur retourne en Tanzanie, son pays natal, pour y tourner un documentaire sur la persécution qu'y subissent les albinos. Le roman n'aura pas autant de lecteurs que le précédent, *La Femme qui fut une blatte,* mais en compensation il aura le Booker Prize. Ainur, la petite fille makua, ne lira jamais le livre.

8

La nuit tombe quand Ali Habib saute de la moto sur l'aérodrome de Lumbo. Goia, le jeune et mince pilote du mototaxi, jette un regard sur sa montre.

– Quarante minutes, chef. Personne n'arriverait ici aussi vite, comme ça, en traçant à travers la brousse, au milieu des débris et de la boue.

Le policier est d'accord et il le remercie. Il lui demande d'attendre un peu. Il va juste remettre un sac de farine de manioc et trois grosses tranches de thon frais au vieux touriste français, suivant les consignes de Juvêncio. Ils retourneront sur l'île après. Il ne veut pas rester trop longtemps sur le continent. Il se méfie de ce sol, gorgé de l'eau prodigieuse qui a fait disparaître le monde pendant ces derniers jours. Il monte jusqu'à la véranda et frappe fort dans ses mains, mais personne ne répond. Il crie :

– Monsieur ! Monsieur Carlos-Maurício !

Personne ne répond. Ali Habib regarde par la fenêtre et aperçoit la silhouette de Charles-Maurice assis dans le petit bar, rigide, la tête reposant sur l'une des tables. Le policier se rend compte que ce n'est pas la peine de l'appeler. Il téléphone à Juvêncio.

– Chef, le vieux est mort.

Juvêncio arrive, une heure plus tard, sur un autre mototaxi, transpirant et maudissant sa malchance. Juste maintenant, quand tout paraissait presque normal, pourquoi fallait-il qu'un Français vienne lui claquer entre les mains ? Avant de quitter le commissariat, il a téléphoné à l'ambassade de France à Maputo. On lui a assuré qu'un employé de l'ambassade arriverait dès le lendemain matin, accompagné d'un médecin, pour déterminer la cause de la mort de Charles-Maurice, qu'ils présumaient normale vu le grand âge de celui-ci, et s'occuper du transfert du corps en France. Ils lui demandaient, en attendant, de veiller à l'intégrité du corps et aux biens du voyageur.

– On va passer la nuit ici, annonce Juvêncio au sergent.

Ali Habib le regarde, horrifié.

– Moi aussi ?

– Toi aussi. On pourra se relayer. Tu dors un peu, après c'est moi qui dors.

– Non, chef, s'il vous plaît, pas ça. Vous m'aviez promis de m'emmener dîner au Feitoria.

Juvêncio hausse les épaules.

– Désolé, sergent. On ira demain.

Ali Habib a l'air d'un enfant sur le point d'éclater en gros sanglots.

– S'il vous plaît, mon commandant, cet endroit est ensorcelé.

– Bêtises !

– Regardez autour de vous, chef. On dirait que l'aérodrome a été inauguré aujourd'hui. Lumbo a pratiquement disparu, mais le cyclone n'a pas touché ce bâtiment. Pas une seule fenêtre n'a été cassée.

Juvêncio l'ignore.

– La porte est ouverte ? Par où es-tu entré ?

– Entré ? Je ne suis pas entré, moi.

– Tu n'es pas entré ? Juvêncio essaie de contenir son agacement. Alors comment sais-tu que cet homme est mort ? Il est peut-être seulement endormi.

– Il est mort. Il ne bouge pas.

Le commandant tourne la poignée de la porte et entre. L'air est chaud et sent mauvais, mais ce n'est pas encore la puanteur lourde de la mort, que Juvêncio connaît bien. Le vieux a dû mourir il n'y a pas longtemps. Son appareil photo est posé sur ses genoux et il le tient entre ses mains. Son visage est posé de côté sur la table, il a les yeux ouverts et ses lèvres dessinent un sourire heureux.

– Entre ! crie Juvêncio à Ali Habib.

Le sergent entre, effrayé, jetant des regards à droite et à gauche. Le commandant lui demande de l'aider à enlever le corps du photographe de sa chaise. Ensemble, ils l'allongent sur le sol. Il n'y a pas encore de rigidité cadavérique. Juvêncio lui ferme les yeux.

Tremblant, Ali Habib se relève.

– Je vais me laver les mains.

Il s'éloigne, en direction de la salle de bains. Quelques secondes après il est de retour, très agité.

– Chef! Dans la salle de bains... Il faut que vous alliez voir...

Juvêncio l'accompagne. Le Français a transformé la salle de bains en labo photo. Une lumière rouge, fantasmagorique, laisse voir les bacs contenant le révélateur et le fixateur, en plus d'un vieil agrandisseur. Le commandant compte vingt-cinq tirages accrochés par des pinces à linge à un fil, pour sécher. Sur l'un d'eux il reconnaît le visage moqueur de l'écrivain nigérian qui était venu au commissariat avec Moira. Comment s'appelle déjà ce type ? Júlio. Non, Júlio c'était le Mozambicain. Jude. Oui, Jude, c'est sûr. Sur une autre photo il y a cette femme bizarre, nigériane aussi, qui avait traversé le pont. Il y a d'autres personnes dont il ne sait pas qui elles sont. Les photos ont été prises là, dans le bar de l'aérodrome, probablement quelques heures auparavant. Qu'est-ce qu'a bien pu se passer ici ?

Il retourne au bar. Il met un peu d'eau dans une bouilloire. Il la pose sur la cuisinière. Quelques minutes après il se sert une tasse de thé. Le sergent est étendu par terre, à côté du corps de Charles-Maurice, et il ronfle. Un coup de vent fait trembler les vitres. Juvêncio Baptista Nguane pense à sa grand-mère, la vieille Rainata, interprète de rêves et de soupirs et de tous les parlers et halètements de la nature. Elle aurait eu une explication pour tout ce qui s'est succédé ces derniers jours. Il préfère ne pas savoir.

SEPTIÈME JOUR

“Seule, au milieu de l’intense stupéfaction, je me réjouis.
Le ciel bleu, le patio incandescent sous le soleil :
Je n’entendrai plus jamais le chant des grillons.”

Ofélia Eastermann,
L’Attente de la fin du monde

1

Daniel est dans son bureau, il termine une chronique pour un hebdomadaire angolais, titrée “Tout ce qui est éternel disparaît très vite”, quand il entend frapper à la porte d'entrée. Trois coups sonores. Il se lève et va ouvrir. Le grand et puissant vieil homme, dont Luzia affirme qu'il est Pedro Calunga Nzagi, lui sourit. Il lui tend sa puissante main de géant.

– Bonjour, je peux entrer ?

L'écrivain s'efface pour laisser passer l'homme. Il l'invite à s'asseoir sur l'un des petits fauteuils en osier du salon et en choisit un autre, d'où il peut apercevoir le jardin. Son cœur bat la chamade. Il a du mal à déglutir. Le soleil, qui inonde le jardin, pénètre par les fenêtres grand ouvertes de la cuisine et rayonne sur le sol en terre cuite de la pièce, le tranquillise un peu. Le vieux ouvre un porte-documents en cuir et en retire un cahier noir, épais, qu'il pose entre les mains de Daniel.

– On m'a demandé de vous remettre cela. C'est un manuscrit, une espèce de roman…

– Qui en est l'auteur ?

– Pedro Calunga Nzagi.

– Ce n'est pas vous ?

L'homme sourit.

– Excusez-moi de ne pas m'être présenté comme je l'aurais dû. Je m'appelle Jorge Bueno et je suis général de réserve dans les Forces armées angolaises. Je sais qui vous êtes, bien sûr, j'ai lu beaucoup de vos reportages. J'ai aussi lu vos livres. Je regrette, comme lecteur, que vous ayez abandonné le journalisme.

– Et en plus de Jorge Bueno, vous n'êtes pas aussi Pedro Nzagi ?

– Quelle importance ?
– Cela me semble important.
– Non. Cela n'a aucune importance.
Daniel se rend compte que ses mains tremblent. Il pose le manuscrit sur une table basse, chargée de livres et de revues, et croise les bras. Il ne veut pas que l'autre s'aperçoive de son émotion.
– Que dois-je faire de ce manuscrit ?
– Lisez-le, s'il vous plaît.
– Et après ?
– Après faites ce que vous pensez être le mieux.
Jorge Bueno dit cela et se lève. Daniel a la sensation que la pièce rétrécit et que l'air raréfié lui brûle les poumons. Le général lui tend la main.
– Un taxi m'attend.
Il fait trois pas en direction de la porte, l'ouvre et sort dans la rue. Il entre dans une voiture. Adresse un léger signe de tête à Daniel. Celui-ci le voit partir, sans avoir réussi à prononcer un mot. Il referme la porte, s'assied et ouvre le cahier. Sur la première page il y a, tracé à l'encre noire, dans une écriture claire et ferme : *L'Énigme Benchimol. Un roman de Pedro Calunga Nzagi.*
Daniel éclate de rire.
– Le salaud !
Il tourne la page et lit :

L'enfant pesait deux kilos huit cents à sa naissance, à la clinique du Chemin de Fer de Benguela, dans le Huambo. Une nuit calme. Une lune immense, très ronde et rouge, brillait dans le ciel. Le père, Ernesto Benchimol, employé des Chemins de Fer de Benguela, n'oublia jamais cette lune-là.

Daniel saute quelques pages. Il lit :

Il était le plus jeune. Ses frères aînés se moquaient de lui, inlassablement, parce qu'il était le plus maigre, le plus fragile, le plus peureux. Ernesto entraînait les nageurs à la piscine du Club Ferroviaire. Il s'obstina à faire de ses fils des champions. Le plus jeune le déçut. Il ne gagna jamais la moindre médaille. Les critiques et les défaites, au lieu de le traumatiser, le rendirent plus fort. Daniel devint insensible aux médisances et aux moqueries.

Le livre expose des épisodes de son enfance qu'il n'a jamais racontés à personne. Il lit, honteux, l'histoire de comment, à neuf ans, dix mois et cinq jours, il a tué un chat d'un coup de fusil à air comprimé. Quelques pages plus loin, Pedro Calunga Nzagi, ou le diable selon lui, décrit minutieusement l'après-midi où le petit Daniel Benchimol, grimpé sur la plus haute branche du grand avocatier planté par sa grand-mère dans le jardin, a aperçu une jeune voisine, nue, baignée de soleil. De là, il pouvait voir aussi son grand frère, Samuel, se masturbant derrière le mur.

Daniel tourne les pages avec colère et terreur. Il passe rapidement sur les tristes jours de son mariage avec Lucrécia, les disputes et les réconciliations, il assiste à la naissance de sa première fille Caringuiri, il la voit faire ses premiers pas, sauter à la corde, chanter dans la langue mystérieuse qu'elle a inventée pour bavarder avec les oiseaux, avant même de réussir à prononcer plus de trente mots en portugais. Il pleure, sans s'en rendre compte, tandis qu'il vieillit, le cheveu encore dru, mais chaque jour plus blanc, témoignant des convulsions, des guerres, des petites leçons d'héroïsme et d'imprévisible générosité. Le meilleur et le pire de l'espèce humaine. Il rencontre Moira, certain de l'avoir déjà vue quelque part dans le futur. Il renonce au journalisme et part vivre dans l'île de Mozambique. Tetembua naît. Un étranger entre chez lui et lui confie un manuscrit. Il accompagne sa plus jeune fille à l'école. Ils jouent ensemble au bord de la mer. Il se dispute avec Moira, une fin d'après-midi convulsive, en découvrant qu'elle a entretenu, pendant des années, une liaison avec Uli. Un jour qu'elle nage le long de la côte, sa femme est mordue par un poisson-dragon, et frôle la mort.

Daniel ferme le cahier et retourne au présent. Il va dans le patio. Sur la dalle de béton qui couvre la citerne, il y a une bassine en métal remplie de linge humide. Il jette le linge dans l'herbe. Il met le cahier dans la bassine. Dans la cuisine, sous l'évier il trouve un bidon d'essence. Il le prend ainsi qu'une boîte d'allumettes et retourne au patio. Il arrose le cahier d'essence et y laisse tomber une allumette allumée. Il s'assied sur la dalle, la bassine à ses pieds, pour assister à l'incendie rapide de sa vie. Il passe ses doigts sur les flammes et ressent à peine la brûlure.

– Que fais-tu ?

C'est Moira. Elle arrive, la petite attachée sur son dos dans une *capulana*. Daniel sursaute.

– Rien. Je brûle des vieux papiers.

La jeune femme s'approche, intriguée. Elle fouille dans les cendres avec un bâton. Elle récupère la dernière page du cahier, pas totalement consumée par le feu, et lit la dernière ligne :

Île de Mozambique, 30 novembre 2019.

– C'est aujourd'hui. Des vieux papiers ?

– Des notes.

– Tu es tout pâle. Tes mains tremblent. Tu ne veux pas me dire la vérité ?

– La vérité ? Daniel regarde sa femme dans les yeux, l'air égaré. Et cela existe ?

Moira enlève la petite de son dos et la couche dans l'herbe, sur la *capulana,* à l'ombre du citronnier. Tetembua sourit, émerveillée, en voyant les rayons de soleil qui dansent entre les feuilles de l'arbre. Sa mère la regarde tendrement. Elle enlace son mari.

– Qu'est-ce qui te fait si peur ?

Daniel respire profondément.

– Qu'est-ce que je suis ?

– Que crois-tu être ?

– Une invention...

– Ce n'est pas ce que nous sommes tous ?

Moira lui prend la nuque à deux mains et l'embrasse sur la bouche. Daniel sent la déflagration de la chaleur à l'intérieur de son corps fictif, un feu véridique, qui se propage dans sa chair et la durcit. Sa femme le repousse.

– Ne t'excite pas trop...

Elle prend la petite et disparaît à l'intérieur de la maison.

Daniel s'étend au soleil, sur la dalle brûlante. Il sent les rayons du soleil lui brûler le visage. Il voit des oiseaux griffant l'azur. Il sourit. Il est vivant, vivant ou pas.

2

Quand dona Cinema fêta ses quatre-vingt-dix ans, ses enfants décidèrent de l'amener voir un médecin. Ce fut la première et la dernière fois qu'elle entra dans un hôpital. Selon l'infirmier qui la vit, la vieille dame était si décharnée que la mort n'aurait pas eu la possibilité de pénétrer son corps.

– Elle ne mourra jamais, dit-il sentencieusement. Elle est momifiée de son vivant.

Dona Cinema avait été couturière. Une fois à la retraite, sa seule occupation fut de raconter des histoires. Un jour, un journaliste de Maputo arriva sur l'île. Quelqu'un l'invita à boire une bière dans le jardin de dona Sara Amade. Au bout d'un mois, personne ne se souvenait plus de cet homme. C'est alors que dona Francisca de Bragança reçut un journal avec un reportage : "Dona Sara Amade est le cinéma des pauvres", disait la première ligne. C'est ainsi que l'on commença à l'appeler Dona Cinema.

Uli est assis au bar de l'hôtel, devant un Coca-Cola, quand il reçoit un message du journaliste qui, quinze ans auparavant, avait interviewé dona Cinema. Ils étaient amis. "J'ai appris que tu étais dans l'île. Il faut que tu rencontres un personnage étonnant, une grande conteuse d'histoires, la vieille Sara Amade." L'écrivain lève la main et fait signe à Abdul :

– Abdul, connais-tu une dame appelée Sara Amade ?

– Dona Cinema, oui, c'est ma grand-mère.

– Dona Cinema ? Ta grand-mère ? La mère de ton père ?

– La mère de ma mère.

– J'ai entendu dire qu'elle raconte des histoires.

– Aujourd'hui même, il y a des histoires dans son jardin.

– Je peux y aller ?

– Tout le monde peut y aller. Il faut seulement apporter quelques sous pour les boissons.

Uli attend au bar, jusqu'à ce qu'Abdul termine son service. Ils sortent ensemble. Ils suivent d'abord les rues asphaltées de la ville de pierres, puis, guidés par le clair de lune, ils continuent à travers le labyrinthe poussiéreux qui constitue l'intérieur de la ville de *macuti*. Enfin le garçon s'arrête, ouvre un portail et invite l'écrivain à entrer. On entend des voix. Le jardin est profond, planté de hauts papayers qui poussent à l'une des extrémités, une bananeraie étouffant l'autre, et au milieu une profusion d'objets abandonnés, éclairés par la pâle lueur de la lune. Là, le squelette mécanique d'une machine à coudre de la marque Singer, plus loin, un vieux berceau en bois ; au-delà, un grand cœur en mousse déchiquetée. Il y a une douzaine de personnes assises sur des chaises en plastique, dans un vaste demi-cercle. Au centre, enfouie dans un divan jaune-mangue, se trouve une femme très maigre et très vieille. Un homme, dont Uli pense reconnaître le visage, apporte deux chaises supplémentaires. Uli s'assied à côté d'Abdul. Celui-ci lui traduit au fur et à mesure, dans un murmure qui coule comme un ruisseau, le récit de dona Cinema. Dans un village de pêcheurs non loin de Muhipiti, les hommes avaient traditionnellement l'habitude de se réunir au petit matin, à chaque pleine lune, pour accrocher le ciel au firmament et organiser le temps. La cérémonie assurait que les jours se suivraient paisiblement les uns les autres, sans problèmes ni mauvaises surprises. Les pêcheurs apportaient de longs bâtons qu'ils plantaient dans la vase de la fondrière, formant ainsi différents dessins. Ils faisaient cela et ils chantaient.

Une petite fille de six ou sept ans va de chaise en chaise pour distribuer des canettes de Coca-Cola, plus tièdes que fraîches, et des samoussas de viande bien chauds. Uli la suit des yeux, craignant qu'à tout moment la pauvre petite ne croule sous le poids du plateau. Elle, cependant, accomplit sa mission avec succès, avant de disparaître ensuite à l'intérieur de la maison.

Ils chantaient, et tout s'organisait, continue dona Cinema. Uli visualise l'action : des hommes minces, très grands, levant vers l'infini leurs très longues perches, chantant et dessinant des sortilèges. Alors, une guerre éclata, et le roi qui gouvernait ce peuple mourut au combat. Les pêcheurs-magiciens se dispersèrent à travers le monde. Quand la pleine lune arriva, il n'y avait plus personne pour soutenir le ciel et organiser le temps. Les nuages désemparés tombèrent sur la terre. Les jours s'égarèrent, les lendemains se mélangeant aux hiers, les gens s'endormant aujourd'hui et se réveillant cinq jours avant, dans une confusion prodigieuse.

Une petite fille, Mweeri, qui avait l'habitude d'assister de loin à la cérémonie, part chercher les longs bâtons. Elle les rassemble tous et les emporte à la fondrière, les plantant, après, là où il fallait qu'ils soient. Cette petite fille, à elle seule, sauva le monde, conclut dona Cinema.

Uli retourne à l'hôtel à lents pas solitaires, repensant aux histoires de dona Cinema. Il a gardé l'impression que la vieille dame inventait les histoires au fur et à mesure qu'elle les racontait. Il marche maintenant le long de la mer. La marée est si haute, aimantée par la pleine lune, qu'elle a dévoré la plage.

Alors dans un éclair, il comprend tout.

C'est elle la petite fille, Mweeri !

Il se met à courir. Il doit avertir Daniel. Une violente douleur à la poitrine, comme si quelqu'un lui arrachait le cœur à travers le dos d'un seul coup, bloque sa marche. Il s'accroche à un poteau, en sentant que la nuit se vide de lumière et d'oxygène.

– Non, murmure-t-il. Non, pas comme ça…

Il fait trois pas et tombe dans la mer.

3

Moira et Daniel sont couchés dans leur lit, le bébé entre eux. Dans le silence diaphane de la nuit, ils écoutent le cœur l'un de l'autre. Elle, elle voit des étoiles accrochées à la moustiquaire, comme des lumières de Noël, et se réjouit parce que sa fille va grandir dans l'île, courir pieds nus dans les rues, se baigner dans la mer au cours de nuits comme celle-ci. Une "enfance authentique", c'est l'expression qu'elle utilise quand elle parle avec sa famille et ses amis, quelque chose d'impossible dans les grandes villes, avec des enfants enfermés dans de minuscules appartements, regardant des séries idiotes à la télévision, échangeant des futilités sur les réseaux sociaux ou jouant à la PlayStation. Lui, il pense à toutes les bonnes choses que la vie lui a apportées : l'amour, les amis, les livres, la musique, la mer. Il pense à ce que la vie va encore lui apporter. La petite fille, celle-là, ne pense pas. Mais ses sens absorbent et enregistrent l'intensité de ce moment. Dans cinquante ans on branchera son cerveau à un ordinateur et elle récupérera, émerveillée, les images déformées du visage de ses parents, celles de la profusion des étoiles dans l'immensité du cosmos et le son de trois cœurs battant harmonieusement à l'unisson.

Île de Mozambique, 30 novembre 2019

Remerciements, notes et un avertissement

J'ai commencé à écrire ce roman à partir d'un conte, "Le bâtisseur de châteaux", publié la première fois en 2012 et qui, depuis, a continué de grandir en moi. Je suis immensément reconnaissant aux amis qui ont accepté de lire le manuscrit original, le corrigeant et suggérant des modifications : Catarina Carvalho, Patrícia Reis, Michael Kegler, Lara Longle, Mia Couto et Yara Costa. Je remercie aussi mon agente Nicole Witt, son enthousiasme et son dévouement. L'île de Mozambique, appelée aussi Muhipiti, ne cesse de fasciner, depuis des siècles, poètes et écrivains. Cela est dû, sans doute, au passé fabuleux de ce minuscule territoire, qui fut l'un des principaux comptoirs commerciaux entre Afrique et Orient. Je soupçonne que cela est dû aussi à la vocation naturelle pour la poésie et le merveilleux inhérent à la plupart de ses habitants. Quelques-uns des épisodes qui composent ce roman ont été inspirés de faits réels. Cependant, tous les personnages sont une création de l'auteur, bien qu'ils puissent partager parfois leur nom ou d'autres caractéristiques avec des personnages authentiques. Merci à tous les îliens qui m'ont reçu comme un frère africain, m'ont ouvert les portes de leur vie et ont bien voulu me raconter les histoires de l'île.

BIBLIOTHÈQUE PORTUGAISE
dirigée par Pierre LÉGLISE-COSTA

Ricardo ADOLFO
Tout ce qui m'est arrivé après ma mort

José Eduardo AGUALUSA
Le Marchand de passés
La Guerre des anges
Les Femmes de mon père
Barroco tropical
Théorie générale de l'oubli
La Reine Ginga
La Société des rêveurs involontaires
Les Vivants et les Autres

João AGUIAR
Les Mangeurs de perles

Agustina BESSA-LUÍS
La Cour du Nord
Le Confortable Désespoir des femmes
Les Terres du risque
Party
Un chien qui rêve
Le Principe de l'incertitude
La Ronde de nuit

Luis CARDOSO
Une île au loin

Mário Cláudio
La Grande Ourse

Mia Couto
L'Accordeur de silences
Poisons de Dieu, remèdes du Diable
La Confession de la lionne
Les Sables de l'empereur
Le Cartographe des absences

Jorge de Sena
Le Physicien prodigieux
Les Grands Capitaines
Au nom du diable

Vergílio Ferreira
Apparition

Lídia Jorge
Le Rivage des murmures
La Journée des prodiges
La Dernière Femme
Le Jardin sans limites
La Couverture du soldat
Le vent qui siffle dans les grues
Nous combattrons l'ombre
La nuit des femmes qui chantent
Les Mémorables
Estuaire

Nuno Júdice
Traces d'ombre

Maria Gabriela LLANSOL
Les Errances du Mal

Rosa LOBATO DE FARIA
Le Village englouti

Antonio LOBO ANTUNES
Le Cul de Judas

Eduardo LOURENÇO
Pessoa l'étranger absolu
L'Europe introuvable

Valter Hugo MÃE
L'Apocalypse des travailleurs
Le Fils de mille hommes

ONDJAKI
Les Transparents
GrandMèreDixNeuf et le secret du Soviétique

José RÉGIO
Colin-Maillard

Pedro ROSA-MENDES
Baie des tigres
Pension des mondes perdus

Rui ZINK
Le Destin du touriste

Cet ouvrage a été imprimé par CPI France
en janvier 2023

Cet ouvrage a été composé par
Atlant'Communication au Bernard (Vendée)

N° d'édition : 0852001 – N° d'impression : 172127
Dépôt légal : février 2023

Imprimé en France